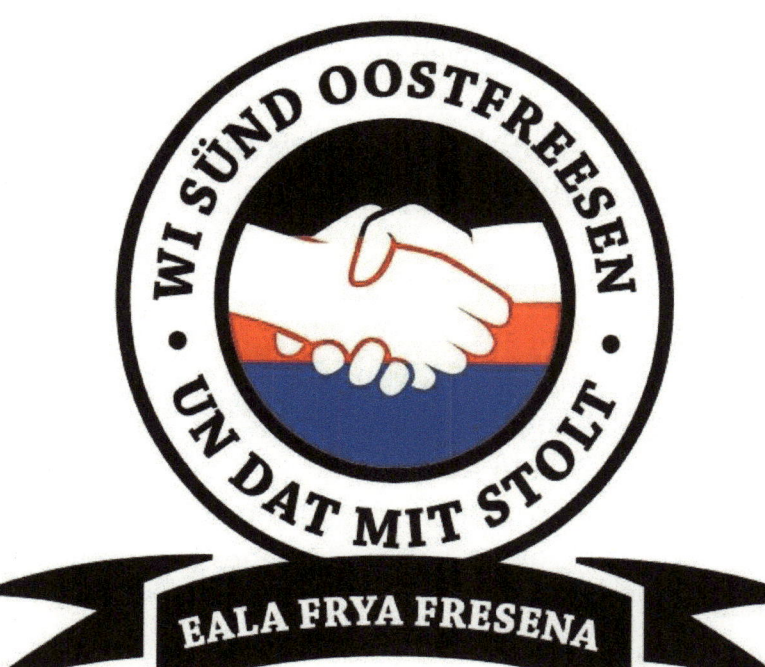

WI SÜND OOSTFREESEN UN DAT MIT STOLT

EALA FRYA FRESENA

Impressum

Autor:
Siegfried Klock © 2022
Am Mittelweg 97
26842 Ostrhauderfehn
sielok@web.de

Bildrechte:
Alle Bildrechte dieses Buches liegen
bei Siegfried Klock

Lektorat: Sabine Ehrenberg
Satz und Reepsholter Verlag
Gestaltung Henning H. Hinrichs
Langstraßer Weg 8
26 446 Reepsholt
reepsholterverlag@web.de
2., überarbeitete Auflage, Juni 2022

Herstellung
und Verlag: BoD – Books on Demand, Norderstedt

ISBN: 9 783 751 982 894

Häuptlingstod am Upstalsboom

Siegfried Klock

Liebe Freunde des Ostfriesenkrimis!

„Häuptlingstod am Upstalsboom" ist mein Erstwerk und ich hoffe, euch mit diesem Krimi in eine spannungsvolle Atmosphäre versetzen zu können. Inspiriert wurde ich durch meine Facebook-Gruppen „Wi sünd Oostfreesen un dat mit Stolt" sowie „Leckerst un Best van Stolt Oostfreesen".
Beide Gruppen beschäftigen sich mit der ostfriesischen Kultur, den Gebräuchen und Rezepten sowie der plattdeutschen Geschichte und - Sprache.

„Wi sünd Oostfreesen un dat mit Stolt" wurde 2010 von mir gegründet, „Leckerst un Best van Stolt Oostfreesen", 2018. Mit über 17.400 Mitgliedern in der ersten Gruppe und über 3.200 Mitglieder in „Leckerst un Best", gehören wir zu den großen Ostfriesengruppen und agieren mit eigenem Logo, Aufklebern und vielen eigenen Projekten.

Der folgende Krimi entstand aus der Inspiration verschiedener Ereignisse 2018 und 2019 in den Gruppen. Dabei geht es um strafrechtliche Vorgänge, die weder in meinen Gruppen geschehen sind, noch geplant wurden oder von anderen Admins der beiden Gruppen verübt wurden. Die Handlung ist somit absolut fiktiv und frei erfunden. Namen von Firmen, Personen, Gruppen und Institutionen sind ausgedacht.

Eventuelle Übereinstimmungen mit lebenden Personen usw. sind zufällig. Die genannten Facebook-Gruppen sind real! Mit Genehmigung meiner Mitadmins und einiger Mitglieder spielen ihre Charaktere hier im Krimi mit, und somit ist dieser Krimi wohl der Erste seiner Art, bei dem es um eine aktuelle Facebook-Gruppe geht, wobei die Hauptakteure ebenfalls real sind.

Taucht nun gerne ein in die Geschichte dieser Facebook-Gruppe, ihren fiktiven kriminellen Handlungen und lasst euch von der ostfriesischen Kultur und den geschichtlichen Orten verzaubern.

Ich wünsche euch viel Spaß beim Lesen.

Eala Frya Fresena

Siegfried Klock

Dankeschön

Liebe Leserinnen und Leser,

ich möchte mich hier an dieser Stelle bei all denen bedanken, die mir die Umsetzung dieses Projekts ermöglicht haben. Vor allem bei meiner Frau, die mir in schweren und undurchsichtigen Zeiten immer an der Seite war.

Liebe Waltraut, ich danke Dir von ganzem Herzen.

Folgende Personen sind maßgeblich mit ihrer Unterstützung an der Entstehung dieses Werkes beteiligt:

Waltraut Klock
Helga Grünefeld
Richard Hieronimus
Jörg Strenge
Axel Planteur
Tanja Tappert
Ute Onken
Arno Coordes
Rolf Ehmen

Wiebke Backer
Jörg Schlörmann
Rolf Uliczka
Lothar Englert
Torsten Bruns
Michael Ahlborn
Ralf de Vries

Ohne euch wäre dieses Buch nicht entstanden, ohne eure Zustimmung oder Hilfe hätte es nicht funktioniert. Ganz lieben Dank an euch alle, ihr wart ständig an meiner Seite und habt mich unterstützt.

Ein besonderer Dank gilt auch dem Restaurant „Schöne Aussichten" und „Jimmy´s Altstadt Café" in Leer.

Ein ganz lieber Dank gilt allen Mitgliedern der stolzen Ostfriesen, die mit ihrer Treue und ihrem Engagement diese Gruppe zu dem gemacht haben, was sie ist. Ohne die Gruppe wäre die Idee des Krimis nicht entstanden.

Also euch allen ebenfalls ganz lieben Dank.

Euer Siegfried Klock

Inhalt

Noch einmal Sterne sehen

Am Ende bleibt der kalte Hauch

„Mächtig kalt hier wieder mal", dachte Siefke, als er aus seinem 2019er VW Arteon ausstieg. Er war schon sehr stolz auf seinen Schlitten, so ein Auto fuhr halt nicht jeder und er, ja gerade er, durfte ihn nun fahren. Das Auto roch noch so neu, und Siefke hatte es bar bezahlt. „Wer hat, der hat", lachte er innerlich und ging mit schnellen Schritten auf den Upstalsboom in Aurich Rahe zu. Bodennebel verdeckte den langen Weg zum Upstalsboom, dem Versammlungsort der freien Friesen zur Zeit der friesischen Freiheit. Ein Ort, der für viele Jahrhunderte ein Sammelpunkt der gewählten Vertreter der Friesen aus den sieben Seelanden war. Siefke fühlte sich so wohl hier, er hatte immer das Gefühl, den Ort zu kennen, lange bevor er geboren war. So vertraut, so mystisch, so geheimnisvoll. Manchmal dachte Siefke, er könne die Seelen der verstorbenen Redjeeven, den gewählten Vertretern der freien Friesen, hier noch hören.

„Was war das? Keine verstorbene Seele", dachte Siefke. Er hörte Schritte, drehte sich um, aber nichts war zu sehen. Der Nebel hielt den Blick sehr kurz. Siefke ging langsam weiter, hörte aufmerksam den Geräuschen zu, konnte aber keine Schritte mehr identifizieren. Das Rauschen der hohen Bäume, das Knistern im Gebüsch, all das übertönte den schnellen Schritt einer unheimlichen Fratze, die es heute nicht gut mit Siefke meinen wollte, nein absolut nicht gut. Diese Gestalt war nur aus einem Grund hier: Siefke zu töten und das so schnell wie möglich.

Als Siefke am Denkmal beim Upstalsboom ankam, nachdem er den Weg vom Parkplatz dorthin in vier Minuten zurückgelegt hatte, war nichts von seiner angekündigten Verabredung da. „Pünktlichkeit ist eine Tugend", dachte Siefke und streichelte die Steine des Denkmals. Ihm hatte mal eine Bekannte erzählt, dass von einigen Steinen hier eine besondere Kraft ausgeht. Siefke suchte die Steine jedes Mal, wenn er hier war, gefunden hatte er sie bis dato nie.

Der dumpfe Schlag auf seinen Kopf unterbrach die friedliche Stille am Denkmal, Siefke sackte auf die Knie, holte nach Luft, im gleichen Moment spürte er etwas Nasses am Hals. Atmen ging nicht mehr, sein ganzer Körper zitterte und augenblicklich knallte er rückseits neben dem Denkmal auf den Boden, versuchte noch mal zu atmen, aber alles, was ihm noch blieb, waren zwei Sterne am Himmel, die gerade nun besonders hell schienen. „Welch Ironie", dachte Siefke noch und der kalte Hauch des Todes holte ihn ein.

Blanker Hass

Siefke lag blutüberströmt auf dem Boden, die Kehle bis zur Mitte durchgeschnitten. Seine weit geöffneten Augen starrten in den Himmel am Upstalsboom. Der Mond, der heute besonders prächtig schien, wurde von den beiden Sternen begleitet. Siefke hatte Sterne so gemocht. Es sah aus, als wolle er sie mit seinen toten Augen auf die Erde holen. Die Fratze stand mit dem Damaszener-Schwert, einem Friesenschwert aus dem achten Jahrhundert, direkt über Siefke. Blanker Hass in den durch die Bemalung verdeckten Augen schauten auf Siefke. Vom Schwert in der rechten Hand tropften noch Schwaden Blut auf die Erde. „Endlich bist Du in Walhalla", dachte sie, „hätte ich Dich geköpft, wär auch okay gewesen, verdient hast Du es allemal!" Mit ihrer über 1,90m großen Statur und der Bemalung im Gesicht, wirkte sie wie ein alter Friese in Kriegsbemalung. Die Farben im Gesicht schienen den ostfriesischen Farben zu ähneln. Haare schwarz, Augen und Nase rot, Mund und Kinn blau. Die Arme und Beine, feste Muskelpakete, scheinbar sehr gut durchtrainiert. Die Fratze spuckte noch einmal auf Siefkes Gesicht, stieß einen lauten Fluch aus und holte schnell ein Taschentuch hervor, wischte die Spucke wieder ab und holte ein zweites aus ihrer Hosentasche. Noch mal putzte sie Siefkes Gesicht sauber und fluchte weiter leise vor sich her. „Shit Mann, shit, meine Wut, ich muss das besser kontrollieren, shit Mann, reiß Dich zusammen, Du machst Fehler und Du bist noch lange nicht fertig, und dann lässt Du mal eben Deine DNA hier. Shit Mann, Du musst vorsichtiger sein, denk nach Mann, denk nach und handle wie geplant." Nachdem die Fratze Siefke nach ihrer Vorstellung „geschmückt" hatte, verneigte sie

15

sich zum Upstalsboom. „Eala Frya Fresena", raunte sie und wischte das Schwert penetrant sauber. Den Lappen steckte sie ein, das Schwert unter ihre Jacke. Hier am Upstalsboom konnte zu jeder Zeit jemand kommen, der Ort wurde viel und gern besucht, das war ihr klar. Zu oft war sie hier schon gewesen und hatte die Stille genossen oder dem Rauschen der Bäume gelauscht. Als sie dann die Fußspuren am Upstalsboom gut verwischt hatte und noch einmal alles in Augenschein genommen hatte, fühlte sie sich zum ersten Mal seit Monaten richtig gut. Ihr Hass schien in diesem Moment etwas abgeflacht. Irgendwie fühlte sie sich, ja, man könnte meinen, richtig erfüllt. Mit schnellen, aber immer noch leisen Schritten machte die Fratze sich auf den Weg zum Parkplatz, dabei nutzte sie das Gebüsch seitwärts der Allee zum Upstalsboom, wie bei der Ankunft. Sie lachte noch innerlich, dass Siefke sie nicht gesehen hatte. Dieser Narr, einfach zu naiv, zu gutgläubig und viel zu unbeschwert um eine Falle zu bemerken oder zu vermuten. Es war so einfach gewesen ihn zu locken, so einfach.

„Heute nacht schlafe ich gut, richtig gut", dachte die Fratze und erreichte ihr Auto. Auf dem Parkplatz stand noch ein weiteres Fahrzeug, neben dem Arteon von Siefke, ein SUV. Im Dunkeln war das Fabrikat nicht zu erkennen, aber es war niemand in der Nähe, und mit ihrem gestohlenen Auto war es eh egal. Sie fuhr mit ihrem in der Seitenstraße geparkten alten Benz nur einen Kilometer weiter zu einer Nebenstraße und

16

stellte das Fahrzeug seitlich ab. Im Kofferraum stand ein voller Kanister Benzin, und zwei Minuten später brannte das Fahrzeug lichterloh. Die Flammen wurden recht schnell bemerkt, und nach nur weiteren 15 Minuten später war die Auricher Feuerwehr vor Ort. Ein Routineeinsatz. Nicht mehr und nicht weniger, ohne weitere Beachtung. Die Feuerwehr ging von einem versuchten Versicherungsbetrug aus, und meldete den Fall den Polizeibehörden als Brandstiftung.

Auf dem Heimweg, den sie zunächst zu Fuß zurücklegte, setzte die Fratze Batterie und Sim-Karte wieder in ihr Handy und rief sich ein Taxi. Sie wählte immer eine Raststätte oder ein Hotel, von dem aus sie abgeholt wurde. Somit minimierte sich jeglicher Verdacht. Es war nun spät, Ostfriesland schlief tief und fest. „Gott sei dank", dachte die Fratze und lachte abermals, dieses Mal aber laut und höhnisch.

Aurich in Aufruhr

Schneewittchen

„Henning, ihr bleibt aber nicht zu lange, um sechs gibt es Essen", eine Mutter ist immer besorgt um die Kinder. Annita wusste genau, auf die Kinder ist Verlass. „Und ich mach noch einen Spaziergang zum Upstalsboom", rief sie den Kindern noch nach, „ich bin aber pünktlich wieder hier." Henning und Malte hörten das schon nicht mehr, sie wollten heute zum Kukelorum in

Aurich Rahe, einer sehr gemütlichen Gaststätte und zudem Kultort für viele. Das Kukelorum war die Stammkneipe von Hannes Flessner, einem „Ur-Ostfriesenjung", der in den Siebzigern und zu Beginn der Achziger durch seine Songs in überwiegend plattdeutscher Sprache in Funk und TV bekannt war. Leider starb er sehr früh, und nun erinnerten nur noch seine Lieder, Geschichten und ein Gedenkstein hinter der Gaststätte an ihn.

Henning und Malte wollten an der Schleuse angeln. Ein wunderschöner Ort, wo man mal so richtig relaxen konnte.

Annita spazierte mit ihren beiden Stöcken ein strammes Tempo durch die Siedlung zur Allee, auf der man direkt zum Upstalsboom kam. Die Allee zeigte sich mit der starken Sonne am Nachmittag von ihrer besten Seite. Gerade ein Jahr zuvor hatte die ostfriesische Landschaft, der das ganze Areal auch gehörte, diesen wundervollen Platz neu gestaltet. Mit Hinweisschildern entlang der Allee über die Geschichte der Friesen, wirkte das Ganze wie ein Lehrpfad. Annita genoss die frische Luft und die warme Sonne in ihren langen dunklen Haaren. Einfach zu schön da zu wohnen, wo andere gerne mal Urlaub machen. Irgendwie war sie ein bissel stolz auf ihr Zuhause. Heute sollte es aber anders kommen. Schon bei der Ankunft an der Erhöhung zum Denkmal sah sie, dass dort jemand oder etwas lag, das da nicht hingehörte. Kalter Schauer lief über ihren Körper, sie sah die Unmengen Blut und mittendrin einen großen regungslosen Mann. Annita traute sich nicht weiterzugehen, tausend Gedanken gingen ihr durch den Kopf. Wie oft hatte sie die Geschichten über den Upstalsboom gehört, teilweise unheimlich, teilweise sehr mystisch. Wenn die Bäume hier erzählen könnten, würden Bücher daraus entstehen.

Annita kniff die Augen zu und machte sie wieder auf. Nee, immer noch da. Sie ging ein paar Schritte näher und sah die durchgeschnittene Kehle des Mannes. Er war bleich und entstellt im Gesicht, die Augen weit offen. Aber irgendwas hatte er in seiner Schnittwunde, Annita konnte es nicht identifizieren. Etwas, das weich geworden war, sah wie ein Gebäck aus. Eine Art Rundkuchen, also aufgedreht, aber voller Blut. Wenn es nun nicht September wäre, hätte sie auf........ nee, nee, das konnte nicht sein. Zu früh dafür, viel zu früh. Annitas Hände zitterten, als sie die 112 wählte. „Ja, hallo, hallo, Jaspers ist mein Name. Annita Jaspers, ich, hier, ich äähm, hier liegt ein toter Mann am Upstalsboom, genau am Denkmal, alles voll Blut und der Hals, äähm, ich meine die Kehle ist durchgeschnitten. Bitte kommen Sie sofort, mir ist schlecht und der Anblick, oh Mann, der Anblick. Oh Mann, bitte kommen Sie sofort." Sie legte auf bevor der Teilnehmer der Notdienstzentrale antworten konnte. Sie war so aufgeregt und durcheinander, sie hatte nicht mal die Bestätigung, dass sofort jemand käme, abgewartet. Sie musste weg hier, nur noch weg. Ihre Nordic Walk

Stöcker blieben liegen und mit schnellen Schritten entfernte sie sich vom blutigen Tatort. Direkt vor dem Upstalsboom gab es eine Querstraße, sie bog links ab, lief und lief immer schneller. Augenblicklich wurde ihr schwarz vor Augen. Annita blieb stehen und setzte sich seitwärts an einer Einbuchtung eines Ackers auf einen alten Stumpf. Sie atmete tief ein und verlor das Bewusstsein, fiel nach vorne, mit dem Kopf auf den harten Boden. Irgendwie erinnerte ihre Gestalt an Schneewittchen - eine wunderschöne Frau mit bleichem Gesicht. Und nun war es wieder sehr still rund um den Upstalsboom.

<u>Lust auf mehr, Lust auf Blut</u>

Die Fratze lief in ihrer angemieteten Garage hin und her. An der einen Wand waren verschiedene friesische Runen geschrieben und drei Schwerter hingen an der Wand gegenüber. Die ganze Garage schien einer mittelalterlichen Diele zu ähneln. Überall Felle, Schilde und Folterwerkzeuge. Die Unruhe in ihr ließ sie gerade keinen Moment stillstehen. Den ganzen Tag hatte sie Uta Olson beschattet, auf den Augenblick gewartet, aber dieser kam nicht.

Uta Olson, eine große Brünette mit lockigem Haar, wohnte mit ihrer Tochter in einer Siedlung am Ortseingang von Westerholt. Sie liebte Ostfriesland, fuhr oft nach Dornum, wo sie auch geboren war. Durch einen unerwarteten Geldsegen war sie finanziell besser aufgestellt, machte nun auch gerne weite

Touren durch Ostfriesland. Die Fratze wusste alles über sie. Einfach alles. Wochenlang hatte sie die Fakten gesammelt. Ihre Wände in der Garage hingen voll mit Notizen, Bildern und Daten. Utas Foto hing neben Siefkes, seins war rot durchgekreuzt. „Weg ist weg", heute in Dornum hatte es nun nicht geklappt. „Murphys Gesetz", dachte sie, „was soll's, neuer Tag, neuer Versuch."

Dornum zeigt sich im Sommer und Herbst von seiner ganzen Schönheit. Ein urtypischer Ort mit Nähe zur Nordsee. In Dornumersiel, 3 km weiter, gibt es einen schönen Strand. Wie eine Art Wahrzeichen für den Strand schwebt dort ein großer Niveaball in der Luft, den man von Weitem sehen kann. Uta war heute dort spazieren gegangen und hatte die salzige Strandluft und das Rauschen der See genossen. Die Fratze hatte stundenlang versucht in ihre Nähe zu kommen, aber immer dann, wenn sie ihr sehr nahe war, kannte Uta plötzlich jemanden, blieb stehen und quasselte nonstop. Die Fratze hatte mitgezählt, sie war acht Mal stehen geblieben. „Moin… wo ist mit di, lang nich seen, jasses wat frei ik mi!" Dieses ewige platte Gewäsch, nicht mehr zeitgemäß und völlig belanglos. Die Fratze hasste die plattdeutsche Sprache, wie sie auch Uta hasste. Sie hasste alles an ihr. Sie hatte sich ihre Tat genau ausgemalt, Uta sollte auch ihre Klinge spüren, genau wie Siefke, die kalte Klinge am Hals. Aber Uta sollte noch mal winseln, nicht wie Siefke, einfach wegmachen. Nein, bei ihr wollte sie die Angst in den Augen sehen, die pure Angst, sie sollte noch mal betteln, betteln um ihr Leben. Und dann würde sie sie nach Walhalla schicken, erst dann.....

Uta war mittlerweile wieder zu Hause angekommen, sie hatte so viele Bekannte getroffen. Gut gelaunt setzte sie sich an den von ihrer Tochter liebevoll gedeckten Tisch. „Guten Appetit mein Schatz", lächelte sie Sandra zu. Ihre Tochter war schon ein Augenschein und vor allen Dingen ein echter Sonnenschein. Uta war zufrieden mit ihrem Leben, sehr zufrieden. „So kann man alt werden", dachte sie noch und aß mit Genuss die Speckendicken, die Sandra zubereitet hatte. Eine ostfriesische Spezialität, ein Gaumenschmaus.

„Morgen werde ich eine kleine Ausfahrt machen Sandra, bin aber spätestens um zwanzig Uhr wieder da, ich muss mal wieder bissel Luft tanken und durchatmen", freute sich Uta auf ihren nächsten Tag.

„Kein Problem, Mama, ich weiß doch, dass Du die Heimat so liebst und Dich gerne in der Natur aufhältst. Ich mach Dir morgen Grünkohl mit durchwachsenem Speck und Mettwurst", erwiderte Sandra und lächelte ihrer Mutter zustimmend zu.

Die Gelegenheit

Als der drahtige Jogger am Upstalsboom vorbeilief und die hübsche junge Frau ein Stückchen weiter regungslos liegen sah, konnte er einfach nicht anders. Mitleid, Erste Hilfe Gedanken, Fehlanzeige. Er schaute zurück zur Allee, keiner zu sehen. Seine Chance, seine Lust. Blitzschnell griff er unter ihre Arme und zog sie in den Acker unweit vom Upstalsboom. Er konnte ihre Atembewegungen sehen, ja sie lebte aber war weit weg. Gut für ihn, gut für seinen Trieb. Er liebte es, Macht auszuspielen. Er hatte sie nun in seiner Macht, sie war bewusstlos und würde nicht mal mitbekommen, war er vorhatte. Es war das dritte Mal, dass er einer fremden Frau so nah kam, das dritte Mal dieses Gefühl unbändiger Lust. Oft hatte er sich dafür gehasst, sich selbst verurteilt, im Grunde war er eigentlich ein sehr friedlicher Mensch, aber in diesen Momenten überkam es ihn wieder. Warum hatte man ihn noch nicht gestellt, zwei Frauen hatte er in den letzten zwei Jahren überfallen, bei der ersten nicht mal auf DNA-Spuren geachtet. Er war so unvorsichtig gewesen, so dumm. Irgendwo im Archiv lagen nun seine genetischen Spuren. Die Gedanken kreisten um die beiden letzten Male, er hatte sich befreit gefühlt aber gehofft, dass es nicht wieder vorkommt. Und nun, warum musste die Frau hier nun einfach liegen, auf ihn „warten"? Hastig riss er Annita die Kleider vom Leib, streifte sich ein Kondom über und gab sich seiner gierigen Lust hin. In diesem Moment öffnete Annita ihre Augen und sah in ein verschwitztes Gesicht. Sie versuchte zu schreien, konnte es aber nicht. Irgendetwas hinderte sie daran. Zudem war alles verschwommen und ihre Kraft reichte nicht aus. Ihr wurde wieder schwarz vor den Augen, und im nächtsten Moment fiel sie zum zweiten Mal in Ohnmacht. Zwei Minuten später war alles vorbei. Er stand auf, zog seine Hose wieder hoch und schaute auf die bewusstlose Frau. So friedlich lag sie nun da. Hätte sie ihn gesehen, hätte sie ihn vielleicht erkannt. Er hatte sie einmal in einem Supermarkt in Aurich an der Kasse gesehen. Aber reichte das aus, um ihn zu identifizieren? Er überlegte, tausend Gedanken gingen ihm durch den Kopf. Sie einfach nackt liegen lassen, hielt er für das Beste. Einfach liegen lassen und weg da. Annita lag nun regungslos im Gras. Ohne jegliches Mitgefühl entfernte sich der Jogger vom Ort des Geschehens. Am Ausgang der Allee versenkte er sein Kondom um einen Stein gebunden, in einem kleinen Tümpel.

Alle Mann los

„Mann, schmeckt der Tee heute wieder scheiße, wer verdammt hat den gemacht?" Hauptkommissar Okko Bruns von der Auricher Kripo verstand bei seinem geliebten Ostfriesentee keinen Spaß. „Wenn ihr das nicht könnt, lasst mich das selber machen, Büddelwasser kann ich auch im Kanal trinken." Bruns wirkte ungehalten. Wenn Ostfriesentee, dann stark, mit Kluntje un Wulkje. Wulkje wird die Sahneblume genannt, die mittels eines kleinen Sahnelöffels gegen den Uhrzeigersinn in den Tee gegeben wird. Der Ostfriese hält damit sprichwörtlich die Zeit an. Im Teetrinken sind die Ostfriesen Weltmeister, und Okko wäre wohl die Spitze der Weltmeister, sein Teekonsum überstieg den Durchschnitt in der Region bei Weitem. „Ich war das, wir hatten nur noch Beuteltee, Okko." Kommissarin Lana Booken schaute etwas traurig und wusste in diesem Moment, was nun kam. „Beuteltee, Du hast Beuteltee gemacht?", rief Okko Bruns ihr nach. „Okko, wir haben keinen mehr im Haus, ich hätte morgen früh neuen geholt. Aber Du trinkst das Zeug ja im Minutentakt, da kann man nicht gegen einkaufen", entschuldigte sich Lana. In diesem Moment klingelte das Telefon. „Bruns, ja Mann, achso, wo, wer sind Sie denn, hallo, hallo!" Wie eine Rakete schoss Bruns aus dem Stuhl und schlüpfte in seine alte Lederjacke. „Lana! Einsatz, jetzt und sofort, die Spusi ist schon da, wir haben einen Mord am Upstalsboom, wo ist Jakobs, wo treibt der sich wieder rum?" „Der hat heute eher frei gemacht, weißt Du doch", erwiderte Lana verständnislos. „Immer wenn man den braucht ist der nicht da, Scheiße Mann, Scheiße!" Bruns fluchte vor sich hin. Wenn man das Wort Scheiße in Bruns täglichem Wortschatz zählen wollte, wäre ein Taschenrechner wohl die einzige Möglichkeit die genaue Anzahl zu erfassen. Bruns benutzte es manchmal minütlich. Hinter verschlossener Hand wurden manchmal Wetten auf die Anzahl der Tassen Tee am Tag in Relation zu den „Scheiße"-Ausrufen abgeschlossen. Gab wohl keinen wirklichen Gewinner. „Dann fahren wir alleine los, dieser Nichtsnutz scheint es ja nicht nötig zu haben. Bestimmt wieder bei einer seiner Bekanntschaften", rief Bruns. Er kannte Kommissar Lennert Jakobs nur zu gut. Kein Rock war vor ihm sicher, im Anbaggern war er ein As und die Frauen fielen auch immer wieder auf ihn rein. Er war halt nicht anzüglich, machte den Frauen Komplimente, schaute sie mit seinen stechend blauen Augen lange an und spielte immer den Mr. Smart, the Stoppelbart. Sein Dreitagebart war seine Waffe und die setzte er gerne ein. Lana hatte das schon oft am eigenen Leib erfahren. Mit ihren neunundzwanzig Jahren war sie eine echte Schönheit. Lange blonde Haare, tolle Figur, ein Vollweib, wie man im Sprachgebrauch auch sagt. Aber sie konnte sich stets wehren, und zu weit ging Jakobs nie. Wenn er auf Gegenwehr stieß, ließ er sofort von seinem Vorhaben ab.

„Fahr Du Lana, ich muss nachdenken." Bruns dachte an zu Hause, hatte er doch seiner Frau einen gemütlichen Abend versprochen. Daraus würde nun wohl nichts. Lana gab Gas und in 12 Minuten waren sie am Tatort. Dort war alles hell erleuchtet, Scheinwerfer strahlten den Upstalsboom aus.

Nacktes Erwachen

Annita kam nur langsam zu sich. Ihr war kalt, es war ungewöhnlich hell unweit neben ihr. Stimmen und andere Geräusche untermalten ihr Unwohlsein noch mehr. Sie war nach ihrem ersten Blick auf sich selbst wohl splitternackt. Sie zitterte am ganzen Körper. Irgendwie hatte sie die Orientierung verloren, wo war sie? Dann.... die Erinnerung kam langsam wieder, der tote Mann, das viele Blut. „Oh Mann, wie spät war das nur, die Kinder, was mach ich hier und wo sind meine Sachen?" Annita zweifelte an sich selbst. Warum war sie nur splitternackt? Annita platze der Kopf und urplötzlich kam ihr ein schrecklicher Verdacht. Ihr war etwas passiert, etwas ganz Schlimmes, etwas, was sie nie wieder aus ihren Gedanken vertreiben konnte. Sie hatte plötzlich unbeschreibliches Verlangen sich zu waschen, ganz lange zu waschen, sie empfand Ekel, Ekel vor sich selbst. „Mensch Annita, erinner Dich, was ist Dir passiert, was, außer dem toten Mann ist hier noch passiert, es hat mit Dir zu tun, nur mit Dir." Sie versuchte aufzustehen und sich zu dem Licht zu drehen, sie war zu schwach, sackte wieder in sich zusammen und fing bitterlich an zu weinen.

Mord und Sitte, zuviel auf einmal

„Moin zusammen, Hauptkommissar Okko Bruns von der Kripo Aurich, meine Kollegin Kommissar Lana Booken, wie sieht es aus, ich brauch Daten, Fakten, und zwar jetzt." Richard Krusen und Leevke Seeberg von der Spurensicherung waren wohl neue Kollegen, Bruns kannte sie nicht. „Moin Herr Hauptkommissar. Mann, circa Mitte fünfzig, Schlag auf den Hinterkopf, durchtrennte Kehle, circa 4 bis 10 Stunden tot. Das ist das, was wir bis jetzt haben", erwiderte Krusen. Der ältere der Spurensicherer kannte die Ungeduld der Kollegen jeder Dienststelle, da machte Bruns keine

Ausnahme. Letztlich zeichnet aber genaue Spuren-
suche und die peinlich lokalisierte Lage sowie das
gesamte Umfeld des Tatorts, den Erfolg einer
Aufklärung doch gerade aus. Das wusste auch Bruns
und drängte nicht weiter. Der grausame Fund versetzte ihn zunächst in eine Art Stille und auch Lana Booken
schaute lieber weg. Aurich war eigentlich nicht gerade
die Stadt der vielen Morde. So was wie hier hatte
selbst Bruns noch nie gesehen, geschweige denn Lana
Booken. „Scheiße Mann, Scheiße, wer macht so was,
und das hier in Aurich, Scheiße Mann!" Bruns
überschlug sich nun wieder mal. Er ging auf die beiden
Streifenpolizisten zu, sie waren als Erste am Tatort.
„Moin zusammen, gibt es Zeugen, gibt es schon
jemanden, der was gesehen oder gehört hat?" „Moin
Herr Bruns, ja, wir haben einen Notruf erhalten, eine
Frauenstimme, sie war sehr aufgeregt, sprach von
einem Toten am Upstalsboom, brach dann aber mitten
im Gespräch ab. Wir sind sofort los und hierher, von
der Frau keine Spur. Ihre Angaben stimmen aber ja,
wie Sie gesehen haben." Der Polizist rümpfte die Nase
und drehte mit den Augen. „Lana, lass mal alle Handys
orten, in den letzten zwei Stunden hier, Radius 100
Meter." Bruns war mit seinen Anweisungen immer
sehr genau. „Und fordere zusätzliche Unterstützung
an. Wir müssen das Umfeld hier befragen, Nachbarn,
Spaziergänger, na Du weißt schon, Scheiße Mann, ich
will das Schwein bis morgen haben, ich krieg Dich Du
Sau!" Bruns kochte, konnte seine Emotionen nicht

mehr bändigen. Er wusste aber genau, dass er das müsste, jetzt sofort. „Okko, wir haben hier was, bitte komm eben!", rief Lana aufgeregt. Sie stand neben dem Toten und die Kollegen der Spusi hielten etwas in einer Tüte, etwas pampiges, eine Art braunen Teig. „Was ist das denn?" Bruns schaute auf die Tüte. „Das sieht aus wie pampiger blutiger Kuchen und riecht auch so. Hat für mich was Weihnachtliches mit Muster, man kann aber nichts mehr erkennen. Scheint, als wolle der Täter ein Zeichen hinterlassen, eine Spur. Das hatte der Tote quer in der Schnittwunde, keine Ahnung was das ist, wir lassen es auswerten." Bruns und Lana musterten die Tüte. „Lana, wir lassen sofort das volle Programm laufen, Identifikation des Opfers, Einrichtung einer Soko in Aurich, Befragung der Umgebung, wir machen heute Nacht durch wenn es sein muss. Ich will das Schwein so schnell wie möglich in den Knast bringen!" Okko lief zur Tagesform auf. „Okko, langsam an, wir können nicht hexen, das Opfer heißt Siefke Janssen, kommt aus Ostrhauderfehn, ist verheiratet und hat zwei Kinder. Keine Vorstrafen, keine Auffälligkeiten. Er arbeitet in Emden. Seine Frau wurde schon verständigt, sie ist aber nicht vernehmungsfähig, brach zusammen, wurde sofort nach Leer in die Klinik gebracht." „Das ist mir egal", ranzte Bruns Lana an. „Scheiße Mann, das ist mir egal, ich fahr da nachher hin, sprech mit den Ärzten, wir brauchen Infos, jetzt und nicht morgen." „Herr Bruns, bitte kommen sie eben schnell, wir haben in der Nähe eine Frau über die Handyortung des Notrufes von vorhin gefunden, gleich hier in der Nähe, sie ist völlig durcheinander und splitternackt, weint nur", der Streifenpolizist winkte Bruns aufgeregt zu. „Scheiße Mann, was ist heute nur los in Ostfriesland?" Bruns und Lana folgten dem Polizisten. Wenige Minuten später sahen sie eine völlig verstörte Frau, die nur wirres Zeug brabbelte und immer wieder weinte. Der Anblick glich einer blassen lebenden Statue, die man hier vergessen hatte.

Soko Aurich steht

<u>Uta Olson</u>

„Gleich bist Du dran, Uta", dachte die Fratze, „gleich ist Dein großer Moment." Sie war ihr gefolgt, gefolgt von Westerholt zur Bohrinsel Dyksterhusen. Uta hatte die Fratze nicht bemerkt. Mit einem ausreichenden Abstand war sie hinter Uta hergefahren und spätestens nach der Abfahrt Bingum, hinter der Emsbrücke, wusste sie, wo Uta hinwollte. Die alte Bohrinsel aus den Sechzigern war ein Geheimtipp für viele Ostfriesen, aber auch für viele Touristen, die davon gehört hatten. Sie liegt direkt am Dollart und bei gutem Wetter kann man Emden nach rechts geschaut und Holland gegenüber sehen. Die Ruhe auf der Betonplattform war unbeschreiblich, und wenn man einem

Pflasterweg zum Wasser folgte, konnte man fast rund um die Bohrinsel laufen.

Heute stand hier nur Utas Auto. Die Fratze ließ den geklauten Wagen gleich an der Auffahrt zur Plattform stehen, sie bewegte sich seitwärts durchs Gras und sah Uta schon von Weitem spazieren, vorne rechts am Rand des gepflasterten Ufers. „Auf nach Walhalla, auf ins Jenseits!", sagte die Fratze zu sich selbst und schlich sich langsam an. Uta stand ihr abgewandt und schaute auf den Dollart. Die Fratze zog das Schwert unter ihrer Jacke hervor und ging nun weniger vorsichtig weiter. Ihr war es jetzt egal, ob Uta sie bemerkte, sie wollte in ihre Augen schauen, bevor sie sie ins Jenseits schickte. Uta blieb plötzlich stehen, als wenn sie ahnte, dass etwas geschehen würde. Sie drehte sich um und sah die Fratze direkt vor sich. Eine große Gestalt mit einer Bemalung im Gesicht. In der Hand ein langes Schwert. Angst überfiel Uta, sie wollte flüchten, aber wohin, blieb dann wie gefesselt stehen und schrie nur „Hilfe! Hilfe! Nein, lass mich, was soll das, ich hab Dir doch nichts getan!" „Ja, fleh nur um Dein Leben, winsel und bettel, es wird Dir nichts nützen. Du wirst hier sterben, jetzt und ganz schnell!" Sie lachte laut auf, erhob ihr Schwert und setze zu einem sauberen Schnitt an. Ihr gefiel das Winseln so sehr. Genau so hatte sie es sich gewünscht. Uta fiel nach hinten, Sekunden später verwandelte sich die Uferumgebung des Tatorts in einen roten Teppich. Nachdem die Fratze auch Uta nach ihren Wünschen

„zurecht" gemacht hatte, entfernte sie sich ungesehen von der Bohrinsel. Als die Feuerwehr Leer eine Stunde später einen alten Opel Kadett am Parkplatz löschte, wusste noch niemand, dass dieses Fahrzeug für kurze Zeit das Fahrzeug eines Monsters gewesen war.

Zwei sind zwei zuviel

„Okko, die Kollegen aus Leer haben gerade angerufen, da ist etwas Unglaubliches passiert, an der alten Bohrinsel in Dyksterhusen gibt es eine Tote. Sie vermuten Parallelen zu unserem Fall. Die Tote wurde mit durchgeschnittener Kehle und mit etwas in der Schnittwunde gefunden." Lennert Jakobs klang aufgeregt und stützte sich auf Okkos Schreibtisch. Okko Bruns hasste es, wenn man ihn bei seinem Tee störte. „Nu mal langsam Lennert, was ist genau passiert und wer hat hier angerufen?" Okko schlürfte seine fünfte Tasse Tee. „Es gab einen Anruf der Leeraner Kollegen, sie haben von unserem Fall gehört und sofort Kontakt zu uns aufgenommen. Sie möchten eine gemeinsame Soko, mit Dir als leitenden Beamten. Sie möchten, dass wir heute hinfahren und uns den Tatort und später die Leiche in Oldenburg anschauen. Es sieht ganz nach einem Serientäter aus." Lennert überschlug sich fast. Okko drehte sich gelassen zu Lana: „Lana, was wissen wir bislang über die misshandelte Frau am Upstalsboom, bist Du da weitergekommen?" Okko beachtete Lennert zunächst einfach nicht. „Die Frau wurde in das Auricher Krankenhaus geliefert, es geht ihr inzwischen wieder besser, die Kinder wurden versorgt. Sie heißt Annita Jaspers, ist zweiundvierzig Jahre alt, Hausfrau und kommt aus Aurich Rahe." Lana machte wie immer präzise Angaben. „Sie konnte den Täter nicht beschreiben, sie hat nur einmal in ein verschwitztes Gesicht gesehen. Und, dass er wohl einen Vollbart trug. Aber sicher ist sie sich nicht. Es gibt keine verwertbaren Spuren und sie wurde missbraucht. Keine Verletzungen, keine Kratzer, sie muss komplett ohnmächtig gewesen sein. Sie wird von einem Psychologen betreut", fuhr Lana sich schüttelnd fort. Sie saß am Schreibtisch und Okko hörte aufmerksam zu. „Okay Lana, danke. Wir sollten die beiden Fälle am Upstalsboom erst mal gemeinsam betrachten, vielleicht gibt es da Verbindungen." Bruns war sehr zufrieden mit Lana. Sie nickte und gab ein paar Daten in den PC. „So, Lennert nun zu dem neuen Fall in Leer, wenn es da dann Parallelen gibt. Du holst Dir jetzt erst mal alle Infos zusammen. Setz Dich mit den Leeraner Kollegen in Verbindung. Fotos, Spuren, Tatwaffe, etc.. Dann entscheiden wir über die weitere Vorgehensweise. Wenn es passt, wird eine gemeinsame Soko Aurich-Leer eingerichtet. Ich übernehme gerne die Leitung. Wann ist Frau Janssen vernehmungsfähig, Lana, hast Du in Leer angefragt?", bemerkte Okko. „Nicht vor morgen Mittag, ich habe gerade mit dem Stationsarzt gesprochen, ich übernehm das aber morgen", bestätigte Lana. Lennert fühlte sich irgendwie über, hatte Okko aber gut verstanden und machte sich an die Arbeit. Okko schenkte sich eine sechste Tasse Tee ein und wandte sich noch mal zu Lana: „Lana, bitte versuch mal die bisher aufgefallenen Triebtäter aus der Region, bzw alle unaufgeklärten Sexualdelikte der letzten drei Jahre, zu recherchieren. Vielleicht gibt es Ähnlichkeiten zum aktuellen Fall. Hab mir gerade überlegt, wir ermitteln zweigleisig, einmal als Einzeltat und einmal in Verbindung mit dem Mord. Wer weiß denn, welch kranke Typen hier in Ostfriesland rumlaufen, Scheiße Mann."

Gemeinsam

„Guten Morgen, Kolleginnen und Kollegen, gut, dass Sie so schnell kommen konnten." Hauptkommissar Okko Bruns begrüßte die beiden Leeraner Kollegen mit einem freundlichen Lächeln. „Seit heute morgen wissen wir, dass es sich beim Täter der beiden Morde am Upstalsboom und an der Bohrinsel Dyksterhusen wohl um ein und denselben Täter handelt. Sowohl Tatwaffe als auch Art und Weise des Mordes sprechen dafür." Bruns fasste die Ermittlungsergebnisse aus der Nacht und dem Abend zuvor zusammen. An einer großen Pinnwand waren die Fotos der Opfer und der Tatorte zu sehen. Auch Uta Olson hatte ja eine Art Teig in der Schnittwunde gehabt. Zudem war sie mit den ostfriesischen Farben auf der Wange bemalt worden. Die beiden Leeraner Kollegen, Hauptkommissar Peter Jensen und Kommissarin Ilka Pommer, hörten aufmerksam zu. „Bei beiden Opfern konnte das Handy nicht gefunden werden, die Ortung verliert sich am Tatort", ergänzte Jakobs. „Was ist mit der Tatwaffe, wissen wir bis dato mehr darüber?", brachte sich Kommissarin Pommer ein. „Ja, wir wissen, dass es sich um eine Art Schwert handeln muss, die Klinge weist bei beiden Opfern dasselbe Schnittmuster auf. Beiden Opfern wurde von vorne mit einer großen Wucht die Kehle durchtrennt. Der Täter kann damit umgehen, er setzt nur einmal an. Wir müssen davon ausgehen, dass er den Schwertkampf beherrscht. Wir ermitteln schon in diese Richtung", erwiderte Bruns mit einer sehr ernsten Miene. „Wie stehen beide Opfer in Verbindung, oder gibt es überhaupt eine Verbindung, seid ihr da schon weiter?" Jensen sah Okko fragend an. Okko Bruns zischte ihn an: „Kollege Jensen, wir ermitteln gerade mal den zweiten Tag, wir sind froh, Tatwaffe und Täter beiden Opfern zuordnen zu können. Lana, was ist mit Tee?" Bruns wirkte verärgert über den jungen Leeraner Kollegen. Jensen hielt sich nun zurück. „Also, die beiden Mordfälle haben nach ersten Erkenntnissen nichts mit dem Missbrauch am Upstalsboom zu tun. Entweder war das ein Zufall oder wir kennen die Zusammenhänge noch nicht." Bruns schaute zufrieden auf die große Teekanne, Lana brachte Tee und Kluntje an den Tisch. „Frau Olson, eine Rechtsanwaltsgehilfin aus Westerholt, war wohl öfter dort, die Tochter konnte uns einige Fotos zeigen. Sie nutzte die Zeit dort, um einfach mal abzuschalten. Die Bohrinsel bietet ja auch genügend Gelegenheit dafür. Bei Siefke Janssen ist uns das Ganze noch ein Rätsel. Seine Frau kann erst ab Mittag befragt werden, und sein Umfeld ist noch nicht bekannt. Er ist seit über dreißig Jahren in Emden beschäftigt und es gibt keine Einträge im Strafregister. Aber im Internet wurden diverse Einträge gefunden, anscheinend beschäftigt er sich sehr mit Schriften und Liedertexten in Platt- und Hochdeutsch und ist an der ostfriesischen Geschichte interessiert. Lana ist da dran", Bruns schlürfte wieder mengenweise Tee. „Es gibt noch etwas Merkwürdiges", ergänzte Jensen, „sowohl bei dem Mord am Upstalsboom, als auch an der Bohrinsel wurde kurz nach möglicher Tatzeit ein brennendes Fahrzeug in der Nähe der Tatorte gemeldet, beide Fahrzeuge waren gestohlen. Unsere Kollegen der Verkehrspolizei haben die Daten mit euren Leuten abgeglichen. In Aurich war es ein alter Benz, an der Bohrinsel ein Opel. Die Fahrzeuge brannten komplett aus, Spuren natürlich Fehlanzeige". Bruns bekam einen Achtungsblick. „Interessant, wo wurden die Fahrzeuge gestohlen, Herr Jensen?" „Der Benz in Warsingsfehn und der Opel in Neermoor", erwiderte Jensen. Bruns goß sich schnell eine Tasse nach. „Dann können wir von einem möglichen Ortsradius der Diebstähle ausgehen, das macht es etwas leichter, oder?", schaute er Jensen fragend an. „Na, sicher etwas früh, aber wenn der Täter ansonsten keine Spuren hinterlässt, die Fahrzeuge aber immer in der Nähe seines Wohnortes klaut, könnte es sein. Aber wo sind hier Motive für solche brutalen Taten, und was soll der olle Kuchen in den Schnittwunden der Toten. Das sind doch irgendwelche Kuchen oder?" Jensen sah fragend in die Runde. Gerade in diesem Moment kam Lana Booken mit einem Ausdruck in den Raum und mischte sich sofort ein: „Man hat Kardamom und Anis im Teig gefunden, außerdem Reste eines Musters auf den Kuchen, es scheint sich dabei um Neujahrskuchen nach typisch ostfriesischer Art zu handeln, die E-Mail dazu kam gerade rein." „Neujahrskuchen? Die isst man doch im Winter, wer backt nun Neujahrskuchen, Scheiße Mann, wie krank ist das denn? Schlitzt seinen Opfern die Kehle auf und stopft ihnen einen Neujahrskuchen in die Schnittwunde, Scheiße Mann, da komm ich nicht mehr mit." Bruns senkte den Kopf auf den Schreibtisch.

Trauer und Wut

„Frau Janssen, Sie müssen nun ganz stark sein, die Polizei kommt gleich und möchte Ihnen ein paar Fragen stellen, ich weiß, dass es sehr schwer wird, aber Sie können das ... und ... es ist sehr wichtig". Oberarzt Harders drückte Martje Janssen an sich und gab ihr ein neues Taschentuch. „Ja, ich weiß, Herr Doktor, ich weiß, es ist nur alles so schrecklich. Aber ich bin stark, ich möchte, dass dieses Schwein so schnell wie möglich hinter Gittern sitzt." Martje Janssen fing wieder an zu weinen. Kurze Zeit später standen Lana Booken und Lennert Jakobs an ihrem

Bett. „Frau Janssen, wir wissen, dass das jetzt nicht leicht wird." „Schon gut", erwiderte Martje Janssen, „fragen Sie. Hauptsache Sie können den Mörder meines Mannes stellen und zwar schnell." „Wir haben bis jetzt keine verwertbaren Hinweise aus dem Umfeld Ihres Mannes", bemerkte Lennert Jakobs, „darum sind wir heute hier. Hatte Ihr Mann Feinde, gab es Drohungen oder in der Vergangenheit irgend etwas Ungewöhnliches, wurden Sie vielleicht beobachtet, gab es Briefe oder Anrufe, die Sie nicht zuordnen konnten?" „Nein, nein absolut nichts," erwiderte Martje Janssen. „Siefke ging seiner Arbeit nach und in der Freizeit beschäftigte er sich mit der Heimat. Er liebte Ostfriesland, schrieb Liedertexte, Gedichte und Sprüche. Er war ein friedliebender Mensch, wollte mit keinem Ärger, er hasste Gewalt, unsoziales Verhalten und rechte Politik. Ich grübel doch auch schon die ganze Zeit", die Wörter sprudelten nur so aus Martjes Mund, als ob sie auf die Fragen gewartet hätte. Booken und Jakobs brauchten gar keine weiteren Fragen zu stellen, die Antworten kamen automatisch von ihr. „Okay, wir lassen Ihnen nun erst mal Zeit für Ihre Trauer, damit Sie wieder zu sich kommen. Wir benötigen noch den PC Ihres Mannes und suchen sein Handy. Irgendeine Ahnung wo das Handy ist?", fragte Lana Booken. „Nein, Siefke hatte es immer bei sich, der Laptop steht zu Hause, Sie können ihn gerne holen, wann kann ich meinen Mann beisetzen lassen?" Martje Janssen fragte sehr ängstlich.

„Sobald die Untersuchungen in Oldenburg abgeschlossen sind, wird er freigegeben, Frau Janssen. Ich denke schon morgen können Sie alles veranlassen", erwiderte Lana Booken verständnisvoll.

Nach der Befragung von Siefke Janssens Frau wurde die Tochter von Uta Olson befragt, auch da fehlte, wie bei Janssen, das Handy und auch da brachte die Befragung keine neuen Erkenntnisse. Booken und Jakobs reisten diesen Tag durch ganz Ostfriesland und befragten Angehörige und Freunde der beiden. Es gab keinen erkennbaren Zusammenhang zwischen den Opfern. Okko Bruns suchte diesen Tag nach möglichen Parallelen zu dem Missbrauch am Upstalsboom, aber es sprach immer mehr gegen einen Zusammenhang, wie schon Anfangs vermutet.

Annita Jaspers war entlassen worden. Sie lag zu Hause auf dem Sofa und musste ständig weinen. Sie konnte dieses verschwitzte Gesicht nicht aus ihrem Kopf bekommen. Diesen einen Blick, immer wieder überlegte sie, wer ihr das angetan haben könnte, kannte sie den Täter? Annita war eigentlich eine sehr starke Frau, der jetzt so angeschlagene Zustand haute sie aber einfach um. Und dann die Bilder vom Toten, das viele Blut, hatte ihr Peiniger diesen Mann auch umgebracht, hatte sie nur Glück im Unglück gehabt, war sie einfach zur falschen Zeit am falschen Ort gewesen? Fragen über Fragen, Annita platzte der Kopf.

Ja keinen Fehler machen

Zu Hause saß die Fratze gemütlich im Wohnzimmer und schaute „Tatort". Noch eben ein wenig entspannen, dann sollte es losgehen. Ein Blick zur Uhr und sie wusste, es wurde Zeit, der Plan war bis ins Letzte ausgearbeitet. Eigentlich war sie, was das anbelangte, eine echte Perfektionistin. Ihr Umgang mit dem Schwert war nun mal gelernt und sie konnte damit einen Stengel vom Apfel heben, egal wie klein er auch war. Die Fratze zog ihre Jacke an und schloss die Außentür hinter sich. Nachdem sie das Schwert aus der angemieteten Garage geholt hatte, musste ein neues Fahrzeug her, nun sofort. Auf dem Parkplatz vor dem Einkaufszentrum stieg gerade eine junge Frau aus. Sie verschloss weder das Auto noch schaute sie sich auch nur einmal um. Sie schien es eilig zu haben und ging mit schnellen Schritten auf die Eingangstür zu. Die Fratze fackelte nicht lange und im Handumdrehen saß sie hinter dem Steuer des grauen Fiat Panda. Die Handtasche der Frau lag noch auf dem Beifahrersitz. „Klasse", dachte die Fratze und fuhr los. Draußen war es mächtig kalt für den September, in Ostfriesland aber durchaus normal. Die Heizung des alten Fiats war wohl kaputt. „Egal", dachte die Fratze, „ich kenn jemanden, dem ist gleich richtig kalt." Auf dem Weg zum neuen Opfer dachte sie über alles nach, sie war eigentlich kein agressiver Mensch, vorher nie gegen andere gewalttätig geworden, hatte sich aber eben auch noch nie so hintergangen und verarscht gefühlt wie seit dem letzten Treffen. Gleich abends danach hatte sie innerlich gekocht, sie war nicht gleich nach Hause gefahren, sie war zum Upstalsboom gefahren, hatte sich dort eine Stunde abgekühlt, ja .... und da war ihr der Plan gekommen. Die hatten gegen den Ehrenkodex verstoßen, den Schwur aller und sie über ein Jahr belogen und betrogen. Sie war Feuer und Flamme für ihre gemeinsame Sache gewesen, hatte mehrere tausend Stunden investiert, sie hatten zusammen so viel erreicht, so viele Dinge zusammen erlebt, immer an der Seite ihrer Freunde. „Freunde, was für ein Wort", dachte sie, „Freunde machen so was nicht, echte Freunde halten zusammen und ziehen an einem Strang." Auf dem Weg nach Middels, einem Ort hinter Aurich Richtung Esens, schossen der Fratze all diese Gedanken durch den Kopf. Wie hatte alles angefangen, der Ehrenkodex am Upstalsboom, Einer für den Anderen, sie hatten sich die Hände eingeschnitten und zusammengehalten. **„Einmal friesisch Blut, immer friesisch Freund**, das war ihr Leitspruch", dachte sie noch, als sie im Hohehahn, dem Wohnort von Hans Rolfes, einbog. Am Wegrand ließ die Fratze das gestohlene Fahrzeug stehen. Sie setzte sich seitlich ins Gebüsch. Nach ihren Beobachtungen zuvor müsste es gleich losgehen. „Endlich", dachte die Fratze, „endlich stirbst Du, ab nach Walhalla!"

Verzweiflung
Im Dunkeln tappen

„Mann oh Mann, wieso seid ihr jetzt erst wieder da?"
Okko Bruns war wieder mal außer sich. „Okko, wir
haben nicht mal eine Pause gemacht, nichts gegessen
und der eine Kaffee auf die Faust schmeckte
beschissen. Wir sind heute quer durch Ostfriesland
gefahren und haben Angehörige, Freunde und
Arbeitskollegen beider Opfer befragt, es gibt noch
immer keinen Zusammenhang zwischen ihnen." Lana
Booken antwortete ihrem Chef mit strenger Stimme.
„Lennert wieder mal zu charmant gewesen, Lana?"
Bruns versuchte die Situation nun etwas aufzuheitern.
„Okko, nun ist aber gut, was denkst Du eigentlich von
mir?" Lennert war richtig wütend. „Lana und ich
haben 8 Stunden am Stück ermittelt." „Und auch dabei
kam wieder nichts bei raus", hüstelte Okko so vor sich
hin. „Spaß beiseite, ihr beiden, wir haben um zwanzig
Uhr einen Termin mit den Leeraner Kollegen. Wir
fassen noch einmal alles zusammen, was bis jetzt
bekannt ist, daraus versuchen wir dann in einer Art
Brainstorming einen Faden zu finden." „Zwanzig Uhr,
Okko?" Lennert fasste es nicht, schon wieder ein Tag
fast ohne Schlaf. „Mann, ich muss auch mal schlafen,
und was sagt Deine Frau überhaupt, die sieht Dich ja
nur noch auf Bildern." „Sehr witzig Lennert, sehr
witzig, leider können die beiden Opfer da so richtig
nicht mitlachen, und Kriminalrat Osterkamp lacht nur

noch im Keller", erwiderte Bruns. „Die Presse hat heute was auf die Titelseite gebracht und uns richtig dumm dastehen lassen", Okko Bruns spötterte beim Reden und stand Nase an Nase vor Lennert. „Ist ja gut, Mann, ich bleib ja." Lennert hatte keine Lust sich jeden Tag mit seinem Chef anzulegen. „Was ist mit Dir Lana, auch müde oder bleibst Du?" Okko drehte sich zu Lana. „Nee, alles gut, ich bin dabei Okko, nu beruhige Dich bitte wieder." Punkt zwanzig Uhr saß die Soko Aurich-Leer im Besprechungsraum. Lennert schlief schon fast im Stuhl ein. Lana ging noch mal die Opferfotos und die von den Tatorten, durch. „Kolleginnen und Kollegen", Okko legte sofort los, „wir haben zwei Mordopfer und eine Misshandlung einer Frau. Wir wissen nicht, ob es sich dabei um den gleichen Täter handelt, vermuten aber eher zwei verschiedene Personen. Unmittelbar nach den Taten brannte an beiden Standorten ein gestohlenes Fahrzeug aus. Beide Fahrzeuge wurden im Radius der Gemeinde Moormerland entwendet. Beide Mordopfer hatten einen Neujahrskuchen in den Schnittwunden, wohl mit einem Muster, das wir leider noch nicht identifizieren konnten. Dazu waren beide Kuchen zu aufgeweicht, blutig, pampig.
Letztlich konnten keine weiteren Handys, außer denen der Opfer, zum vermuteten Todeszeitpunkt in Tatort-nähe geortet werden. Aber die Handys der Opfer konnten nach den Morden nicht aufgefunden werden. Die Ortung brach zum jeweiligen vermeintlichen

Todeszeitpunkt ab. Jetzt heißt es kombinieren und ein Täterprofil erarbeiten. Die Presse und unser Kriminalrat stehen uns im Nacken. Also bitte Vorschläge, wie gehen wir weiter vor?" Hauptkommissar Peter Jensen von der Kripo Leer erhob den Finger. „Wir haben mal im Umfeld des ersten Opfers unterstützt…", Okko unterbrach ihn: „Wie unterstützt und Finger heben braucht ihr hier nicht, sind ja nicht in der Schule!" „Na ja", fuhr Jensen weiter fort, „Siefke Janssen kommt ja aus dem Landkreis Leer, er wohnt doch in Ostrhauderfehn und er ist dort nicht ganz unbekannt. Er kümmert sich um die Traditionen der ostfriesischen Geschichte und bei Facebook gibt es eine Seite von ihm. Dort schreibt er Gedichte in Platt, stellt geschichtliche Termine ein, und auch sonst ist die Seite wohl sehr beliebt. Zurzeit hat sie über 8.000 Likes und er stellt täglich lyrische Sprüche und Bilder von der Heimat ein. Dort sind auch Bilder vom Upstalsboom und der Bohrinsel. Ist nur eine Idee, aber es könnte doch damit zu tun haben. Es gab vor zwei Jahren auch ein regionales Thema mit Neujahrskuchen, leider sind wir da noch ganz am Anfang. Wir ermitteln gerade und haben die Kollegen der IT eingeschaltet." „Was ist mit Uta Olson?", unterbrach Bruns Jensen in seinen Ausführungen, „hat die auch damit zu tun, gehört die da dazu?" „Nein Okko, aktuell gibt es dort keinen Zusammenhang aber wie gesagt, wir sind dran", erwiderte Jensen abrupt. „Okay, was haben wir noch, de olle Schnick Schnack mit dem Facebook is ´ne Finte", belächelte Bruns die Theorie ein bisschen.

Der Jogger

„Noch mal gerade gut gegangen", dachte der Jogger als er sich sein Bier zu Hause gemütlich auf dem Sofa schmecken ließ. Die neue Ostfriesenzeitung lag auf dem Wohnzimmertisch, und er sah die Schlagzeile sofort. „Mord am Upstalsboom". Er riss die Zeitung hastig vom Tisch und begann sie zu lesen, überflog den Titelteil und suchte Seite 6. Dort stand der vollständige Bericht. Tausend Dinge gingen ihm durch den Kopf. War die Frau gestorben? War sie am Ende an ihrer unbewussten Furcht gestorben? Was hatte er gemacht? Er wollte sie doch nicht umbringen, er war doch so bedacht vorgegangen. Er verschlang den Bericht und sackte erleichtert auf das Sofa zurück. „Oh Mann, ich dachte, ich hätte die Frau umgebracht", sagte er zu sich selbst und schloss für einen Moment die Augen. Der Bericht der Misshandlung fiel im Gegensatz zum Mord nur kleiner aus. Die Frau lebte, und keiner hatte etwas gesehen. Man vermutete sogar eventuelle Parallelen und damit war er endgültig außen vor, dachte er bei sich. Es muss Ruhe einkehren, nie wieder so was zu machen, dem Trieb widerstehen, oft schon hatte er das unterbinden müssen und können. Nun musste endlich Schluss damit sein. „Das war ein Warnschuss, ein klarer Hinweis, es nicht wieder zu tun", dachte er bei sich und goss sich sein zweites Bier ein.

<u>Später Abend</u>

Mittlerweile war es fast einundzwanzig Uhr und die Soko Aurich-Leer saß immer noch zusammen. „Wir haben zwei ungelöste Fälle von Misshandlung in der Region." Kommissarin Lana Booken von der Kripo Aurich stellte die beiden Fälle auf dem Beamer vor. „Beide Frauen wurden im Schlaf überrascht, die erste in Aurich Tannenhausen am See, und die zweite am Idasee in Idafehn." Lana zeigte auf die Tatorte und die Fakten mit ihrem Pointer. „Beim ersten Opfer wurden DNA-Spuren sichergestellt, leider blieb die Suche nach vergleichbaren Spuren im Register vergebens. Bei der zweiten Frau gab es keine Spuren, sie konnte aber ein vages Phantombild erstellen. Die Suche nach dem Täter blieb trotzdem bis heute erfolglos. Wir wissen nur, dass er eine Art Sportanzug angehabt hat, so wie beim Joggen zum Beispiel. Aber diese Art der Kleidung ist ja völlig herkömmlich und weit verbreitet. Beide Taten fanden an warmen Sommertagen statt, und beide Frauen blieben vom Tathergang abgesehen, weitgehend unverletzt". Ilka Pommer, Kommissarin aus Leer, verzog das Gesicht. „Schmaler Trost, sag ich mal. Die seelische Verletzung von Vergewaltigungs-opfern ist wohl um etliche Potenzen höher, als die körperlichen. Die Opfer vergessen das nie und hadern zeitlebends mit ihrem Schicksal." Die anderen

Kollegen stimmten wortlos zu, und Lana brachte gerade frischen Tee in den Besprechungsraum. Dabei hatte Lana Tränen in den Augen. „Also suchen wir einerseits einen Mörder und gleichzeitig einen Sportler, männlich, vermutlich Bartträger, der entweder nur als Triebtäter auftritt oder auch mordet", fasste Jensen nochmals zusammen. „Genau so", erwiderte Okko Bruns und schlürfte seinen Tee, „ja, Scheiße noch mal, genau so." „Das ist der Täter im Phantombild, es wurde damals über die Medien verbreitet. Verdächtigungen gab es viele, bewiesen werden konnte aber nichts." Lana brachte das Phantombild noch mal für alle an die Wand. „Also noch mal Faktenlage bezüglich der Misshandlung checken. Erstens: drei Frauen in den letzten Jahren, zweitens: Täter vermutlich Sportler, drittens: alle drei Opfer waren zum Tatzeitpunkt entweder schlafend oder bewusstlos, viertens: der Täter kommt somit wohl aus Ostfriesland, fünftens: die Taten sind Zufallstaten oder besser gesagt, Gelegenheitstaten. Das Ganze müssen wir nun noch mit den Morden verbinden oder auch nicht", fasste Okko zusammen. „Ich schlage deshalb Folgendes vor", fuhr er fort, „wir teilen die Soko in zwei Bereiche auf. Lana, Jensen und ich werden vorwiegend in den Mordfällen ermitteln, Ilka und Lennert werden sich um die Misshandlung und die vergangenen Fälle kümmern. Unsere Ergebnisse werden gemeinsam besprochen und abgeglichen." Kein Maulen, kein Widerspruch, das

Team war sich einig, so wie bisher kamen sie nicht weiter. Okko erklärte den Dienst für diesen Tag für beendet.

Hans Rolfes

Hans Rolfes saß in der Küche und trank seinen geliebten Ostfriesentee. Er bezog das Wasser dafür noch aus einer Art Brunnen. Somit war der Tee besonders weich. Als er vor drei Monaten seinen aktiven Dienst in Emden beendet hatte, konnte er sich noch nicht vorstellen, wie schön es einmal ist, ohne Schicht und ohne Uhr zu leben. Überhaupt waren die vierzig Jahre Autobau wie der Wind an ihm vorübergezogen. Jetzt, nachdem er sich noch zusätzlich ein paar Groschen verdient hatte, und das fast ohne etwas dafür zu tun, war das Leben einfach nur schön. Seine Frau Maria musste jeden Abend arbeiten. So hatte er die Abende für sich und saß oft bis in die Nacht am PC. Das war die Zeit, in der er für seine Facebook-Gruppe da war, eine seiner Leidenschaften. Überhaupt war Hans ein sehr traditioneller Mensch, er liebte Ostfriesland, die plattdeutsche Sprache, die Gebräuche und die Landschaft. „Hier ist es wie in einem Paradies", dachte er oft bei sich.
Sein Hof lag etwas abseits, in ländlicher Ruhe im „Hohehahn" in Langefeld. Jeden Abend ging er mit seiner Emma, einem Mischlingshund, ein paar Meter. Emma war eine treue Freundin und manchmal wie ein kleines Kind. „Emma, komm, wir wollen los!", rief Hans

in die Stube. Emma saß immer am Ofen in der Stube, sobald es draußen etwas kälter wurde. Mit ihren 18 Menschenjahren war sie somit eine Hunde-Oma und durfte ihren Lebensabend ja auch in vollen Zügen genießen. Genau wie Hans nun. Emma kam mit schnellen Schritten in die Küche und schaute Hans mit großen Augen an. „Tja, wollen wir los Emma, Gassi gehen?" Hans zog sich die Jacke an, sah Emmas Aufregung wie jeden Abend und öffnete die Außentür. Emma sprintete sofort los, und Hans konnte gar nicht schnell genug hinterherkommen. „Emma, nicht so hastig, warte auf mich!" Hans zündete sich eine Zigarette an und folgte Emma so gut es eben ging. Um diese Zeit war eigentlich kein Mensch in der Umgebung im Hohehahn unterwegs und so dachte Hans auch an nichts Bedrohliches, als er ein Fahrzeug am Wegrand stehen sah. Es kam öfter mal vor, dass Spaziergänger ihre Fahrzeuge seitlich abstellten um die Natur zu genießen. Heute abend war aber irgend etwas anders. Emma war sehr unruhig und bellte zuweilen einfach ohne Grund. „Emma, sei mal bitte ruhig, Mann, Du bist ja heute unausstehlich", herrschte Hans den Hund an. „Ruhe jetzt, sonst geht's sofort nach Hause!" Hans war verärgert über Emmas Ausbrüche. Emma verhielt sich nun ruhig aber sie wedelte nicht, wie sonst, fröhlich mit dem Schwanz. Irgendetwas beunruhigte sie. Am Wegrand, vorbei an dem Fahrzeug, bemerkte Hans ein Rascheln im Gebüsch, er drehte sich um, nichts zu sehen. Emma bellte laut auf und Hans konnte sie plötzlich nicht mehr beruhigen. Sie rannte los, ins Gebüsch, und ihr Bellen wurde immer lauter. Hans hatte Emma verloren, und trotz seiner Rufe kam sie nicht zurück. Hans folgte ihr in das Gebüsch seitlich des Weges, irgendwie hatte er nun auch ein mulmiges Gefühl im Magen. Er konnte es nicht deuten, aber er wusste in dem Moment, als das Bellen von Emma verstummte, dass gerade etwas Schlimmes geschehen war. Er rief erneut nach Emma, aber es kam kein Laut von ihr und zu sehen war auch nichts. Hans bekam Angst, Angst um Emma und merkwürdigerweise auch Angst um sich selbst, das erste Mal, soweit er sich erinnerte.

Erster Erfolg

„Es handelt sich definitiv um das Ostfrieslandwappen, Okko, das Häuptlingswappen der Cirksenas, es wird fälschlicherweise auch noch oft mit ‚Eala Frya Fresena‘ untermalt, dem historischen Gruß der freien Friesen. Und der hat sehr wenig mit dem Häuptlingswesen gemein. Er war eher das Gegenteil, also Freiheit, kontrovers zu dem Feudalismus und dem Häuptlingswesen." Lana Booken klang aufgeregt. „Verschone mich bitte mit dem historischen Gewäsch, Lana", Okko wirkte verärgert. „Nein Okko, hör mir doch mal zu, wir haben nun endlich das Muster auf den aufgeweichten Kuchen identifiziert, es ist der erste echte Hinweis auf den Täter, Mann. Vor zwei Jahren haben Siefke Janssen und ein Ralf Friesen aus Aurich über Facebook eine

Aktion gestartet, um das traditionelle Wappenbacken zu Neujahr wiederzubeleben. Sie haben gemeinsam mit einem Kleingerätehersteller aus dem Süden ein neues Neujahrskucheneisen auf den regionalen und auch überregionalen Markt gebracht. Die Aktion wurde damals von den Medien hier stark unterstützt. Die Ostfriesenzeitung, die Emder Zeitung, sogar das Ostfrieslandmagazin berichteten darüber. Es war das erste Mal nach fast 30 Jahren, dass ein Gerät dieser Art wieder für Ostfriesland produziert wurde. Sogar die Gebrauchsanweisung wurde von Janssen ins Plattdeutsche übersetzt". „Was zum Kuckuck soll das mit den Morden zu tun haben, außerdem lebt der Friesen ja wohl noch, stattdessen wurde eine Frau aus Westerholt umgebracht, Scheiße Mann, was soll der ganze Hokuspokus mit dem ollen Backeisen!" Okko war nun richtig außer sich. „Ich mag auch Traditionen, ich mag auch Neujahrskuchen und ich kenn die Geschichte von Ostfriesland, aber das hier ist mir nun zu weit weg vom Thema!", ranzte er Lana scharf an und schaute ungeduldig auf die Uhr, wo waren Lennert und Ilka? Okko, Lana und auch Peter Jensen saßen seit einer Viertelstunde im Besprechungsraum und warteten auf das zweite Team der Soko Aurich-Leer. So wie besprochen, sollten die Ergebnisse nach den jeweiligen Ermittlungen beider Teams abgeglichen werden.

„Auch schon da", Okko konnte sich mal wieder nicht beherrschen. „Schön, dass ihr unserem Termin dann doch noch beiwohnt." „Okko, mach mal halblang, Ilka und ich sind ein gutes Stück weitergekommen", Lennert wirkte sehr ungehalten über Okkos anklagenden Worte. Lennert und Ilka setzen sich an den Besprechungstisch. Lana kam wieder mal mit frischem Tee rein, und Okkos Augen wirkten nun etwas versöhnlicher. „Dree Tass Tee un de Oostfrees is tofree", Okko murmelte einen Spruch und goss sich sofort eine Tasse ein. Lana wiederholte noch mal die Sache mit dem Neujahrskucheneisen, und außer Okko hörten alle aufmerksam zu. „Wir wissen nun nach den Auswertungen der Laptops der beiden Opfer, dass es sehr wohl eine Verbindung zwischen Siefke Janssen und Uta Olson gibt, Okko, aber Du lässt mich ja nicht ausreden." Lana schmiss eine Facebookseite auf den Beamer. „Das ist die Community-Seite von Siefke Janssen, sie nennt sich ‚Wi sünd Oostfreesen un dat mit Stolt', hier kommentiert und liked Uta Olson regelmäßig und nach den Kommentaren zu urteilen, kennt sie Siefke Janssen eben doch. Also gibt es eine direkte Verbindung zwischen beiden Opfern. Und ein gemeinsames Interesse ebenfalls." „Gute Arbeit Lana, Scheiße Mann, echt gute Arbeit." Okko gab ein kleinlautes Kompliment ab. „Dann haben wir eine Verbindung und ein gemeinsames Interesse, aber kein Motiv. Mir fehlt da das Motiv für die grausamen Taten." Okko versuchte den Erfolg zu relativieren. „Stimmt Okko, absolut, da sind die Kollegen der IT gerade noch dran. Es scheint eine geheime Facebook-Gruppe mit gleichem Namen zu geben. Auf der offiziellen Seite wird immer wieder drauf hingewiesen, nur wir kommen da aktuell nicht rein. Wir sind aber dran." „Okay, Lana, das klingt gut, wie ist es bei euch Lennert, etwas Neues in Sachen Annita Jaspers oder die vergangenen Fälle?" Okko blickte zu Lennert und Ilka. „Ja, Okko, wir haben die beiden ersten Opfer noch mal befragt. Sie können sich nun im Nachhinein und mit Abstand vage an einen Bart und an ein Tattoo auf dem linken Handgelenk erinnern. Es war wohl bei den ersten Befragungen damals untergegangen oder nicht sauber dokumentiert. Das erste Opfer sagte, sie hätte es ausgesagt. Da sie aus Aurich kommt und unsere Abteilung damals ermittelt hat, sollten wir noch mal nachhaken", führte Lennert aus. Okko verzog seine Augenbraue. „Du weißt schon wer hier damals die Ermittlungen geleitet hat, oder?" Lennert lachte ein wenig und Ilka schaute etwas fragend. „Ja, das ist ja das Problem, unser Kriminalrat Osterkamp, ich weiß!" Lennert verkniff sich weitere Lacher. „Und wer fragt ihn dann, Lennert, oder berichtet ihm von seiner Schusselei?" Okko sah Lennert aufmunternd an. „Chefsache", lachte Lennert nun wieder, „das mach mal selber."

Hohehahn

„Komm, schon Hündchen, komm schon, schau mal, Leckerli", die Fratze hatte wieder mal an alles gedacht. „Es geht doch nichts über gute Planung, Beobachtung und Ausführung", dachte sie bei sich. Emma kam bellend auf sie zu und verstummte in dem Moment, als sie den Pansen roch. Nach dem ersten genüsslichen Happen Pansen, erwischte sie das Schwert mit einem wuchtigen gezielten Schlag, und der Kopf fiel augenblicklich in den Pansen. „Guten Appetit, alte Töhle", dachte die Fratze bei sich und zog sich sofort wieder ins Unterholz zurück. Sie hörte Hans Rolfes kommen. „Komm nur Alter, komm nur zu mir", wartete sie ungeduldig und konnte die Schritte schon hören, sie kamen immer dichter und gleich, ja gleich sollte Hans Rolfes neben seinem Hund liegen. Damit hatte sie dann Nr. 3 endlich erledigt. Ihr Hass stieg wie bei den beiden anderen „Freunden" ins Unermessliche und sie verspürte ein leichtes Zittern in ihrer rechten Hand. „Ruhig, bleib ruhig, ist ja gleich soweit, Du bekommst was Du willst", die Fratze versuchte die Aufregung zu mindern. In diesem Moment rief eine weibliche Stimme von Weitem: „Hans, wo bist Du, Hans, ich bin zu Hause, bitte komm und helfe mir beim Auspacken. Ich hab noch schnell eingekauft". Die Schritte verstummten plötzlich und die Fratze stieß einen lautlosen Fluch aus.

„Maria, ja ich komme, ich suche Emma, sie ist verschwunden, aber ja ich komme sofort", das war die Stimme von Hans Rolfes. Die Fratze wusste in diesem Moment, dass ihr Vorhaben erst mal beendet war. So gut geplant, so gut vorbereitet und nun das. Sie stieß einen weiteren Fluch aus und zog sich zurück.

Martje Janssen war nun wieder zu Hause, die kriminaltechnischen Untersuchungen an ihrem Mann in Oldenburg waren abgeschlossen. Er war soeben freigegeben worden, und Martje hatte sich sofort gemeinsam mit Hella Groen, der Schwester ihres Mannes, in Verbindung gesetzt, um die Beerdigung von Siefke vorzubereiten. „Hella, ich bin so leer, so kaputt und so platt, kannst Du mir helfen?" Hella Groen nahm Martje in den Arm, und beide weinten bitterlich. „Martje, wer macht so was, wer ist so grausam, ich bin bei Dir und bleibe solange wie Du möchtest. Klar helfe ich Dir." Hella drückte Martje ganz fest an sich und führte sie zum Wohnzimmertisch. „Ich weiß es nicht, Hella, ich verstehe das überhaupt nicht und kann überhaupt nicht mehr klar denken. Das ist alles wie ein böser Film. Sag mir bitte, was soll ich nur machen?" Martje wirkte zerrissen. „Hast Du die Kinder informiert, den Pastor, die Kirche?", fragte Hella wieder mal alles auf einmal. Dafür kannte Martje sie nur zu gut. „Ja, klar", erwiderte Martje, „sie kommen beide, Siefke wird in Idafehn beerdigt, neben seinem Vater, das Grab ist ja noch frei, ich habe es gerade dazugekauft." „Gut so Martje, Siefke wollte immer nach Idafehn zurück, er liebte sein Elternhaus in Idafehn." Hella nahm Martje noch mal in den Arm und griff zum Telefon. Die To-Do-Liste für die Bestattung musste abgearbeitet werden.

Der zweite Versuch

Auf dem Weg zum Auto dachte die Fratze immer wieder an die verpatzte Gelegenheit. Was sollte sie nun machen, Auto geklaut, wat nu und wohin damit? Sie überdachte die aktuelle Situation noch mal genau. Rolfes würde mit Sicherheit gleich zurückkommen um nach dem Hund zu suchen. Rolfes würde den ganzen Wald absuchen. Warum sollte sie ihr Vorhaben nun als gescheitert ansehen. „Mut zur Lücke", dachte die Fratze und hielt kurz vor dem alten Panda inne. Sie drehte auf dem Fuß um und mit schnellen Schritten erreichte sie ihr altes Versteck wieder. „Lage sondieren, neu planen", riss sie sich zusammen.

Das Haus von Hans Rolfes war von Weitem zu sehen, das Licht der Außenlaterne schien auf den Weg, und so pirschte sich die Fratze im seitlichen Gebüsch entlang des Weges an den Hof. Sie hörte laute Stimmen im Haus, das Fenster des Wohnzimmers stand auf Kippe. „Ich muss gleich noch mal raus, Maria, Emma muss irgendetwas zugestoßen sein, sie würde nie einfach so wegbleiben", sie hörte die Stimme von Rolfes sehr deutlich und ihr wurde augenblicklich klar, ihr Vorhaben war noch machbar. Noch heute. Noch heute würde Hans Rolfes sterben und nach Walhalla gehen. Die Tür öffnete sich und Hans Rolfes ging mit schnellen Schritten Richtung Wegrand, genau und geradewegs in die Richtung seines Mörders. Dabei rief er immer wieder nach Emma. Mit seiner Stirnlampe auf dem

Kopf konnte er die Umgebung nun gut absuchen. Als er am Gebüsch angekommen war, wo er Emma verloren hatte, bemerkte er den abgestellten Wagen am Wegrand, der nun schon längere Zeit dort stehen musste. Rolfes folgte dem Weg in das seitliche Gebüsch und kam nach wenigen Momenten an. Der Hund lag seitlinks neben etwas Fleischigem. Als Rolfes realisierte, dass sein Hund enthauptet worden war, stieß er einen lauten Schrei aus. „Emma, oh Gott, Emma!" Er ging auf die Knie und weinte bitterlich. Er schaute durch die Bäume in den Himmel und faltete die Hände zum Gebet. Genau in diesem Moment bemerkte er einen ziehenden Schmerz am Hals. Hans Rolfes kippte nach hinten weg, sah noch in ein schwarz-rot-blaues Gesicht mit hasserfüllten Augen. Ein Gesicht, das er eigentlich ohne Bemalung kannte. So wie hier hatte er es aber noch nie gesehen. Er starb neben seinem Hund, das Blut beider vermischte sich. Freunde fürs Leben, Freunde im Tod. Die Fratze legte ihm einen Neujahrskuchen in die Schnittwunde und zeichnete schwarz-rot-blaue Striche auf die linke Wange. „Das war's Hans, mein friesischer Freund, das war's für Dich, möge Wotan gnädig mit Dir sein. Möge er Dich aufnehmen", zufrieden wischte die Fratze ihr Schwert ab und entfernte sich vom Tatort. Auf dem Weg zum gestohlenen Fahrzeug machte sich wieder Zufriedenheit bei ihr breit, ein unbändiges Gefühl von Zufriedenheit und Seelenruhe. „Nun noch Wiebke, und es ist vollendet", dachte sie und lächelte.

Nachdem die Feuerwehr eine Stunde später den Panda in Aurich Middels gelöscht hatte, waren auch bei diesem Fahrzeug alle Spuren beseitigt. Keiner ahnte wozu es gedient hatte. Keiner hatte einen Verdacht. Wie auch bei den anderen Taten hatte die Fratze einen Schutzüberzug und Handschuhe aus dem Kreiskrankenhaus Leer geklaut, im Fahrzeug gelassen und somit auch diese Spuren beseitigt. Einer der Gründe, warum am Tatort kein verwertbares Material auffindbar war. Der Heimweg der Fratze war ja bei allen Taten der gleiche. Ab einem bestimmten Ort, den sie zu Fuß erreichte, wechselte sie zu einem Taxi.

Tattoo

Kriminalrat Osterkamp war außer sich: „Was bilden Sie sich ein Herr Bruns, zuviel Tee getrunken oder was?" Er schnaubte auf die Nachfrage des Tattoos in den beiden ähnlichen Misshandlungsfällen der vergangenen zwei Jahre. Okko Bruns hatte eigentlich ganz höflich gefagt, ob es Ermittlungsergebnisse gab, die vielleicht nicht ganz sauber dokumentiert worden waren. „Herr Kriminalrat, ich hab doch nur nachgefragt." „Die Tattooerinnerungen waren so vage, dass wir sie erst mal nicht weiter betrachtet haben", schnaubte Osterkamp weiter. „Es gab keine Idee einer Figur, eines Emblems oder sonst was, wonach hätten wir dann suchen sollen. Alle abgeklopften Verdächtigen waren ohne Tattoos, ohne Merkmale, die auf den Täter hinweisen konnten. Sie Schlaumeier, sehen

Sie zu, dass Sie die beiden Mordfälle endlich lösen, ich komm hier mächtig unter Druck. Und Sie wissen ja, wenn es bei mir drückt, bekommen Sie bald Durchfall, vergessen Sie das nicht. Unfähigkeit endet meistens mit neuem Wirkkreis. So, und nun möchte ich meinen Termin wahrnehmen." Kriminalrat Osterkamp spütterte wie ein Lama. Bruns verließ das Büro mit einem leichten Lächeln.

Wann hört das auf?
Blutiges Land

Hans Rolfes lag mit durchgeschnittener Kehle in seinem Blut neben dem Hund. Ein grausiger Anblick für alle. Der geköpfte Hund, das Blut beider und die Gewissheit, dass hier ein grausiges Ereignis stattgefunden hatte, versetzte alle Beteiligten in stumme Betrachtung und Entsetzen. „Scheiße Mann, Scheiße Mann", Okko Bruns fluchte und stampfte mit seinen Füßen auf den Boden, „was bist Du nur für ein Monster, was bist Du für ein Schwein!", schrie er in den Himmel. „Wenn es das Letzte ist, was ich auf Erden mache, dann ist es Deinen Arsch in das tiefste Loch zu stecken, was die Gefängnisse zu bieten haben." Die beiden Opfer waren nun circa neun Stunden tot. Lennert betrachtete den pampigen Neujahrskuchen in der Schnittwunde von Hans Rolfes. Diesmal konnte man das Muster erkennen. Wieder war es das Ostfriesenwappen als Prachtwappen. Und dann die Bemalung im Gesicht von Rolfes, schwarz-rot-blaue Streifen. Alles deutete nun auf einen Serientäter hin, der vielleicht noch immer nicht fertig war. „Herr Bruns, können Sie mal bitte kommen?", einer der Spurensicherer kam mit schnellen Schritten und einer Art Tuch in der Hand auf Bruns zu. „Schauen Sie mal, was wir gefunden haben, ein verfärbtes Tuch mit mehreren Farben. Wir konnten schwarz, rot und blau erkennen, das Tuch riecht nach einer Reinigungsflüssigkeit. Es muss mächtig viel Farbe gewesen sein", der Spurensicherer zeigte Bruns das Tuch von allen Seiten in der Plastiktüte. „Wo wurde das gefunden?" Bruns wusste sofort, dass es sich um ein Beweisstück aus den Händen des Mörders handelte. Er roch die Zusammenhänge zwischen den Farben am Opfer und diesem Tuch. „Unweit vom Tatort, aber es war offensichtlich nicht versteckt, sondern es könnte dem Mörder aus der Tasche gefallen sein."

Stark werden

Annita Jaspers lag im Wohnzimmer auf dem Sofa. Ihr gingen ständig die Ereignisse am Upstalsboom durch den Kopf. Oftmals schüttelte sie sich und fühlte sich einfach nur beschmutzt. Die Gespräche mit dem sozialen Dienst und dem Therapeuten taten ihr sehr gut. Helfen konnte ihr im Moment aber so wirklich keiner. Ihre Kinder waren vorübergehend bei ihrer Schwester, sie war einfach nicht in der Lage den Alltag zu bewältigen. Schon gar nicht mit den Kindern. Sie sollten die Trauer und die Verzweiflung ihrer Mutter nicht sehen. Nicht jetzt und auch nicht in den nächsten Wochen. Ihre Schwester wohnte nur drei Häuser weiter und so war es für die Kinder eine gewohnte Umgebung. Annita schaute regungslos in die Glotze. Es lief gerade „Landpartie mit Heike Götz" im NDR. Auf dem Tisch in der Szene stand ein kleiner Drache, ein Spielzeug eines der beteiligten Kinder in der Sendung. Annita stockte bei dem Anblick, irgendetwas löste Unwohlsein in ihr aus. „Drache, blauer Drache, warum macht mich das so unruhig", bei Annita liefen Bilder im Kopf ab, aber sie wusste nichts damit anzufangen. Auf einmal stand das Bild so klar, so deutlich, so real. Annita griff zum Handy und wählte die Nummer der Kripo Aurich. „Jaspers hier, bitte verbinden Sie mich mit Herrn Bruns, ich muss ihm was sagen." Ein paar Minuten später hatte Okko Bruns einen entscheidenden Hinweis auf den Gewaltverbrecher, der Annita Jaspers missbraucht hatte. Es handelte sich um das Tattoo auf dem Handrücken des Täters. Es war ein liegender, feuerspeiender Drache. Bruns leitete sofort alle notwendigen Fahndungsmaßnahmen ein, und schon am folgenden Tag sollte ein Foto des Tattoos in allen ostfriesischen Zeitungen zu sehen sein.

Annita Jaspers fühlte sich zum ersten Mal wieder besser, zum ersten Mal war sie etwas gelöster. Die Hoffnung und die Genugtuung, das Schwein hinter Gittern zu bringen, löste ein wahres Glücksgefühl in ihr aus. Sie machte sich zum ersten Mal wieder eine

Kanne Ostfriesentee und genoss das Getränk in vollen Zügen. Sicherlich würde es Monate, vielleicht Jahre dauern, den Mord und das, was man ihr angetan hatte, zu vergessen. Aber eines war klar: Es würde nun nicht mehr lange dauern und Ostfriesland wäre um einen Straftäter ärmer. Ostfriesland würde wieder ein kleines Stück sicherer werden, und sie hatte dazu beigetragen.

Hoffnungsschimmer

„Was ist mit dem Farbtuch Lana, können wir davon ausgehen, DNA-Spuren zu sichern?" Okko schlürfte seinen Tee und war eigentlich ganz gut gelaunt. Er, nur er hatte den entscheidenden Hinweis entgegenge-nommen, der dafür sorgen würde, den mysteriösen Triebtäter, der schon seit mehreren Jahren aktiv war, nun endlich zu stellen. Die drei Morde rückten für einen Moment in den Hintergrund. „Wir gehen davon aus Okko, wenn ja, werden wir die Datenbanken ab-gleichen können und stoßen vielleicht recht schnell auf einen Verdächtigen. Sollte er nicht in den Daten-banken sein, sind wir wieder da, wo wir angefangen haben." Okko verzog das Gesicht, ihm wurde klar, dass es nun so langsam voran gehen musste. „Was ist mit dem Ralf Friesen aus Aurich, hast Du den befragt, gibt es da neue Erkenntnisse?" Lana blätterte in ihrem iPad. „Ja Okko, Herr Friesen hat mit Janssen im Jahre 2018 die Herstellung eines Klassikers der Neujahrs-kucheneisen forciert. Er kennt aber sowohl Uta Olson als auch Hans Rolfes. Alle drei sind sogenannte Administratoren einer geheimen Facebook-Gruppe. Insgesamt sind dort 11 Administratoren, und Siefke Janssen war der Gründer und Kopf dieser Gruppe. Auch die Seite der stolzen Ostfriesen, sowie eine Back- und Kochgruppe, wurden von ihm gegründet. Somit gibt es einen klaren Zusammenhang zwischen den Mordopfern, leider ohne ein Motiv. Warum sollte man Administratoren einer Hobby-Facebook-Gruppe umbringen? Sie kümmern sich um Tradition, Gebräuche, Geschichte und die plattdeutsche Sprache. Da sehe ich leider null Motiv." Okko ranzte Lana an: „Sag ich doch die ganze Zeit, null Motiv. Egal, ich will, dass bis morgen alle diese Admins, so nennt man die ja wohl im Sprachgebrauch, verhört werden. Alle, Lana, ich will die Namen aller Admins hier auf dem Tisch, ich will wissen was sie essen, trinken, machen und wo sie zu Hause sind. Ich will alles wissen, was sie betrifft. Scheiße Mann, Motiv hin, Motiv her, ich will sie studieren und ich garantiere Dir, da gibt es etwas, das uns zum Mörder führt. Befragt bitte Martje Janssen und deren Kinder noch mal, die Schwester und das ganze Umfeld. Hier ist etwas oberfaul, richtig oberfaul, ich denke, wir sind nahe dran, Scheiße Mann." Lana tippte auf ihrem iPad alles mit, runzelte die Nase und schaute Okko an. „Noch 'ne Tasse Tee Okko? Ich setze Jensen in Kenntnis, und wir werden bis morgen das Umfeld der Admins der Facebook-Gruppen durchleuchten und sie befragen. Morgen abend wissen wir mehr." Okko bekam nun seine sechste Tasse Tee und schlürfte genüsslich daran. Morgen, ja morgen konnte der entscheidende Tag sein. Zwei verschiedene Straftaten, mindestens zwei Täter und schneller Fahndungserfolg. Okko sah sich schon auf Kriminalrat Osterkamps Sessel sitzen. „Okko, Okko, träumst Du, Mann wat is denn los mit di?" Lana verfiel kurzzeitig ins Plattdeutsche. „Nee, alles gut Lana, ich hoffe einfach nur, dass wir diesen ostfriesischen Albtraum bald hinter uns lassen." Okko schenkte noch mal Tee nach und notierte sich die aktuellen Neuigkeiten.

Wiebke Bolsen

Wiebke Bolsen war mit ihren achtundzwanzig Jahren eine hübsche junge Frau. Als Ergotherapeutin war sie manchmal sechs Tage die Woche im Einsatz. Sie wohnte seit ihrer Geburt in der schönen Kreisstadt Leer. Ihre Heimatverbundenheit drückte sie in ihrem Hobby aus: Fotografie, ihre große Leidenschaft. An den Wochenenden ging sie gerne mit ihrer Lebenspartnerin spazieren, die Fußgängerzone in Leer erkunden oder fuhr einfach mal nach Leerort an die ehemalige Festungsanlage. Auch der Plytenberg an der Blinke Schule in Leer war einer ihrer beliebten Fotomotive. Den Plytenberg verband eine ganz spannende Geschichte mit der Familie von Wiebke. Vor langer Zeit war es ihrem Urgroßvater gelungen, dort auf der Kuppel einen Baum zu pflanzen. Unzählige Male vorher war das schon versucht worden, leider ohne Erfolg. Alle Pflanzungen gingen wie verhext ein. Wiebkes Urgroßvater hatte es dann geschafft. Dieser Baum thront noch heute auf dem Plytenberg, mächtig und auch ein wenig mystisch. Wiebke war stolz auf die Geschichte um ihren Uropa und erzählte gerne davon.

„Hast Du heute frei Wiebke?" Vera goß sich gerade eine Tasse Tee ein. „Ja mein Schatz, heute möchte ich den wunderschönen Tag nutzen, um am Plytenberg Fotos zu machen. Du weißt ja, ich liebe die Bilder mit den Sonnenaufgängen am Plytenberg." „Ja, klar, ich weiß, dann werd ich heute noch mal eben in die Stadt gehen, wir könnten uns heute abend in ‚Schöne Aussichten' treffen, etwas essen und einen Aperol zum Abschluss, was meinst Du, Lust auf tiefe Blicke?" Vera genoss die gemeinsamen Zeiten mit Wiebke, zumal beide viel arbeiteten und so wenig Zeit füreinander hatten. „Da bin ich dabei!" Wiebkes Augen strahlten. Sie nahm Vera in den Arm und küsste sie leidenschaftlich.

„Schöne Aussichten" in Leer war eines der beliebtesten Restaurants, direkt am Hafen mit Blick auf die Nesse. Freundlichkeit, gutes Essen und gemütliches Ambiente zeichnete die Lokalität aus und es war oft schwierig kurzfristig einen Tisch zu bekommen. Wiebke und Vera liebten es dort zu träumen und zu verweilen. Sie hatten sich dort kennengelernt. „Okay, ich bestell einen Tisch um sechs Uhr, Wiebke, bitte sei pünktlich, ich hab Sehnsucht." „Ja klar, ich bin früh genug da, versprochen!" Wiebke lachte und war schon in der Tür. Sie spazierte mit schnellen Schritten an der Blinke entlang, rechts ab in die Plytenbergstraße. Es war zu dieser Zeit noch sehr ruhig, aber letztlich war der Plytenberg sowieso ein sehr stiller Ort. Mit seinen neun Metern war er wohl einer der größten Anhöhen in Ostfriesland. Im fünfzehnten Jahrhundert diente er der Festung Leerort. Sagen, nach denen der Friesenkönig Radbod dort begraben sein sollte, konnten schon in den neunziger Jahren durch archäologische Grabungen entkräftet werden. Kurz vor dem Plytenberg schaute Wiebke auf einen Dacia Duster mit Bremer Kennzeichen. „Recht ungewöhnlich, dass sich ein Bremer hierher verirrt", dachte Wiebke bei sich. Sie schlenderte an der Feuerwehreinfahrt vorbei und dann direkt zum Plytenberg. Seine Treppenstufen waren schon alt und leider auch teils etwas versackt. Das Geländer rechts hatte auch schon bessere Tage gesehen. Wiebke setzte sich oben auf die Bank und bereitete ihre Fotoausrüstung vor. Die war mächtig teuer gewesen, aber Wiebke hatte ja genügend Geld. Sie war immer sehr sparsam gewesen, aber nun nach diesem Coup...... Eigentlich konnte sie die Puppen tanzen lassen und das im Stundentakt. Geld macht zwar nicht glücklich aber beruhigt ungemein. Sie wollte heute mit ihrer Ausrüstung Stativaufnahmen machen. Die ersten Schnappschüsse waren im Kasten und versprachen eine gute Ausbeute für den heutigen Tag. Ihr Profil bei Instagram konnte sich nun freuen und endlich wieder mit neuen Aufnahmen gefüllt werden. Traurig machte es sie an diesem schönen Tag aber, dass drei ihrer Facebook-Freunde nicht mehr da waren, und letztlich war sie auch ein bissel beunruhigt. Aber es gab eine klare Absprache zwischen ihnen. Keine Nachfragen, keine Beileidsbekundungen und kein Weitergeben von Informationen an die Polizei. Geschworen hatten sie sich das und mit Blut besiegelt. Was auch immer den dreien zugestoßen war, weitermachen wie bisher und nicht auffällig werden.

In der Falle

„Dieser scheiß Wecker, dieser scheiß Ton am Morgen!" Edgar Meyer drehte sich noch mal um. Er hatte die Angewohnheit, seinen Wecker immer eine halbe Stunde früher zu stellen. So konnte er noch mal eben ganz chillig in den Tag träumen. Augen noch eben wieder zu und ein bissel dösen. Irgendetwas war heute morgen aber anders. Seine Wohnung lag an einer sehr belebten Straße und der morgendliche Verkehr war immer sehr laut. Rush Our auf friesisch, dachte er ab und zu. Mittlerweile hatte er sich aber an die Situation gewöhnt und konnte trotz morgendlichem Lärm gut schlafen. Heute morgen war es aber anders. Er hörte keine Autos, keinen Motorenlärm und auch kein Geschnatter der Schüler auf den Gehwegen vorm Haus. Seine Wohnung, mit dem Schlafzimmerfenster nach vorne, war an der Bremer Straße in Leer, nahe des Bahnhofs. Stille gab es hier eigentlich nie. Außer heute morgen. Zu still, dachte er und schreckte auf. Ein Blick durch das Fenster ergab zunächst keinen Hinweis auf Ungewöhnliches. Lediglich ein schwarzer VW Bulli parkte auf der gegenüberliegenden Seite. Beim genauen Betrachten erkannte er das Oldenburger Kennzeichen. Tausend Gedanken schossen durch seinen Kopf. Intuitiv sprang er aus dem Bett und lief zum hinteren Flur, mit Ausgang in den Garten. In diesem Moment flogen die Hintertür und die Vordertür auf. Eine Blendgranate explodierte, und Meyer sah nur noch Sterne. „Polizei, auf den Bauch und Hände auf den Rücken!" Zwei Beamte des Sonderkommandos „Jogger" drückten Meyer mit ihren Knien auf den Boden. Sekunden später waren seine Hände auf dem Rücken in Handschellen, und er konnte fast nicht atmen. Einer der Beamten drückte seinen Kopf auf den Boden. „Gesichert", riefen zwei Beamte nacheinander und Meyer wurde ruppig aufgerichtet. „Herr Meyer, wir nehmen Sie fest unter dem dringenden Tatverdacht, Annita Jaspers in der Nähe des Upstalsboom in Aurich missbraucht zu haben." Direkt vor Meyer stand nun Kommissarin Pommer aus Leer und ihr Auricher Kollege Lennert Jakobs. „Sie werden nun direkt zum Verhör gebracht und danach dem Untersuchungsrichter vorgestellt. Herr Meyer, Sie können nun alles sagen oder auch schweigen. Sie haben das Recht auf einen Anwalt und können ihn im Präsidium anrufen." Meyer sah immer noch sehr gestört aus, er sagte nichts und senkte dann den Kopf. Die Beamten brachten ihn zum Bulli und luden ihn ein.

„Na, das ging aber schnell", lachte Ilka Pommer Lennert zu, „nach der Veröffentlichung in den Medien und dem entscheidenden Hinweis können wir beruhigt sein. Er ist der Täter und er wird auch mit den anderen zwei Fällen zu tun haben. Ostfriesland ist nun um ein Monster ärmer." Jakobs nickte zustimmend und es schien, als wäre er traurig, nicht mehr so häufig mit Ilka arbeiten zu dürfen. Die Mordfälle würden aber beide noch weitere Zeiten miteinander verbinden. Nach diesem Erfolg erschien es ihm nur zu klar, sie waren ein Dreamteam.

„Pommer, ja ich bin's Ilka, was gibts?" Ilka Pommer war gerade auf dem Weg zum Leeraner Präsidium. „Bruns, hier, Moin Frau Pommer, erst mal herzlichen Glückwunsch zum Fahndungserfolg, das war spitze. Saubere Arbeit und schnelle Aktion. Na ja, Aurich hat ja gut vorbereitet." Okko Bruns musste das eben anbringen und schlürfte seinen geliebten Ostfriesentee. „Wo sind Sie gerade?" „Ich bin auf dem Weg zum Büro, Herr Bruns", Ilka lachte insgeheim, sie wusste was nun kommt. „Okay Frau Pommer, bitte seien Sie heute abend um sechs hier in Aurich, wir setzen die Soko Aurich-Leer nun für die Mordfälle fort. Macht Sinn mit vereinten Kräften zu agieren. Sie waren ja eh in der Soko und der Missbrauchsfall ist nun gelöst. Die Morde nicht, wir brauchen Sie weiterhin und Herr Jakobs wartet schon sehnsüchtig. Wir teilen nun die

Mordfälle in Ermittlungsteams ein. Sie und Jakobs ermitteln wegen Uta Olson, Jensen, Lana und ich übernehmen die Auricher Morde. Ich freue mich, Sie und Jensen weiter im Team zu haben. Sechs Uhr hier aber bitte pünktlich." Okko Bruns schmunzelte, er wusste, dass am anderen Ende Freude über die Zusammenarbeit aufkam. „Ja okay, Herr Bruns, ich bin pünktlich da und freue mich dabei zu sein, wir kriegen das Schwein, sorry aber manchmal rutscht mir das raus", fluchte Ilka. „Scheiße Mann, Sie haben doch recht", erwiderte Bruns, „bis nachher Frau Pommer."

Lana Booken und Okko Bruns saßen derweilen im Beprechungsraum. „Was hat die Befragung der Admins ergeben Lana, wie weit sind wir da?" „Nun ja Okko, erst mal die Namen für Dich. Neben dem ermordeten Gründer, Siefke Janssen, der ermordeten Uta Olson und dem ermordeten Hans Rolfes sind noch Wiebke Bolsen, Torre Breedenbeek, Ralf Friesen, Alex Plenter, Arnold Coordes, Ricus Hinnerks, Hella Groen, die Schwester von Siefke Janssen, Jörg Straaten und Tanja Dusends als Admins und Moderatoren in der Gruppe tätig. Tanja Dusends ist übrigens die Freundin von Torre Breedenbeek." „Oha dat is ja een Trupp, jasses ne, willt de Oostfreesland regeern?" Okko fiel ins Plattdeutsche ab und schüttelte mit dem Kopf. „Nee Okko, die haben sich über die Jahre gefunden und Janssen hat alle wohl sehr bewusst ausgesucht, er schien dieser Gruppe verfallen zu sein. Seine Frau sprach gestern von mehreren Stunden am Tag, in denen er mit den Gruppentätigkeiten beschäftigt war. Sie sprach von einer Art Sucht. Es gab aber wohl noch einen Administrator mehr. Den haben wir noch nicht erreicht, er ist im letzten Sommer zurückgetreten. Warum wissen wir nicht ganz genau, scheint aber wegen Streitigkeiten über die Gruppenregeln gewesen zu sein. Reden wollte keiner der Admins darüber. Frau Janssen wusste leider auch nichts, sie kannte einfach keinen der anderen Administratoren." „So so, will also keiner reden. Aber das bekommen wir schon raus. Was ist mit den Admins, habt ihr die Alibis überprüft?" „Ja haben wir", antwortete Lana, „sie haben alle Alibis. Jeder konnte uns ein plausibles Alibi nennen. Überprüft haben wir noch nicht alle, aber sie klingen logisch und nachvollziehbar." „Okay Lana, gute Arbeit, wir werden heute abend sehen, ob sich das zusammenfügt oder nicht!", stellte Okko fest. „Scheiße Mann, es wird Zeit das Monster zu stoppen, ich hab kein gutes Gefühl Lana. Da kommt noch was, es ist ruhig, zu ruhig. Ich möchte, dass ihr den ausgetretenen Administrator findet. Klärt den Grund und wo er in den Zeiten der Mordfälle war. Scheiße Mann, was übersehen wir gerade?"

Ein letzter Sonnenstrahl

„So ist schön Wiebke, so ist schön", die Fratze lächelte leise und schaute zur Bank nach oben auf den Plyten-berg. Wiebke saß dort und baute gerade ihre Fotoausrüstung auf. Sie bemerkte nichts von dem, was sich dort unten am Fuß des Hügels bewegte und nun Stufe für Stufe leise nach oben kam. Eigentlich viel zu schade an einem so sonnigen Tag zu sterben, dachte die Fratze sich. Wärme und Sonnenstrahlen zeigten den Plytenberg und die ganze Umgebung heute von ihren schönsten Seiten. „Paradiesisch", dachte die Fratze und schlich weiter Stufe für Stufe hinauf. Wie hatte sie die Polizei mit ihren Alibis doch an der Nase herumgeführt. Gut, dass sie einen so neugierigen Nachbarn neben sich wohnen hatte. Der olle Greis schrieb sogar ein Tagebuch, und mit den Tonaufnahmen und den Lichtspielen in der Wohnung wusste die Fratze genau, sie hatte ihn perfekt getäuscht. So hatte sie die Beamten geschickt zum Nachbarn geleitet, und der hatte brühwarm alles bestätigt. „Kluger Zug", dachte die Fratze und erklomm die letzten Stufen zum Plytenberg hinauf. Was war Wiebke doch töricht, Fotoaufnahmen bei Facebook anzukündigen und öffentlich zu stellen, sie müsste sich doch fragen, warum drei ihrer Freunde nicht mehr am Leben waren. Aber nix, zu naiv, zu vertrauensseelig, zu einfältig. „Gleich ist es soweit, Wiebke, gleich bist Du dran, schön sitzen bleiben und nicht so viel bewegen, dann geht es schneller." Die Fratze war nun an der obersten Stufe angekommen und stand direkt hinter der Bank. Wiebke schien etwas zu bemerken, sprang auf und drehte sich um. Ein warmer Atemzug in ihrem Nacken hatte Gänsehaut bei ihr verursacht. Sie schaute nun in das hasserfüllte Gesicht der Fratze, etwas blinkte und schnellte auf sie zu. „Nein, oh Gott, nein, was soll das!" Wiebke schrie aber verstummte sogleich. Heiß, ganz heiß wurde es an ihrem Hals, sie versuchte noch nach hinten auszuweichen, aber die Bewegung war viel zu langsam. Die Fratze setzte nun wie bei den anderen, zum vierten Mal mit einem sauberen Schnitt an. Wie bei den vorherigen Opfern schnitt die Fratze ihr die Kehle präzise bis zum Halswirbel durch, so blieb der Kopf noch am Körper hängen. Wiebke sackte in sich zusammen, griff sich an den Hals und versuchte zu atmen. Nichts ging mehr. Blut schoss aus der Wunde und ihre Augen standen weit offen. Im nächsten Moment lag sie bewegungslos in ihrem eigenen Blut und starrte mit offenen Augen in den Himmel. Ostfriesischer Himmel, und ein warmer Sonnenstrahl ließ Wiebkes Gesicht für einen letzten Moment noch mal lebendig aussehen.

Gruppen-Brodeln

Die Facebook-Gruppe der stolzen Ostfriesen brodelte nun seit Tagen. Weil auch die offizielle Facebook-Seite seit Janssens Tod nicht mehr betreut und aktualisiert wurde, häuften sich die Kommentare und Beiträge bezüglich der Meldungen in den Medien immer mehr. „Vier Administratoren einer Facebook-Gruppe tot", und auch wenn die Namen noch längst nicht in allen Medien bekannt waren oder aus ermittlungstechnischen Gründen geschwärzt wurden, kochte das Gruppengeschehen immer höher. Die noch lebenden

Organisatoren der Gruppe, Torre Breedenbeek, Arnold Coordes, Tanja Dusends, Alex Plenter, Jörg Straaten und Ricus Hinnerks trafen sich am Tag nach Wiebke Bolsens Tod bei „Schöne Aussichten" in Leer. Hella Groen war aus Trauer um ihren Bruder nicht dabei. Nachdem nun auch Wiebke ermordet worden war und Torre es über einen Freund gehört hatte, vermutete er nach Bekanntgabe in den Medien eine weitere Eskalation in der Gruppe. Bis dato waren ja drei Morde bekannt, nun der vierte und wieder ein Admin der Gruppe.

„Leute, wir müssen nun schnell reagieren, die Gruppe bricht auseinander, wenn das so weitergeht. Wie sollen wir auf die Anfragen und Kommentare reagieren", stürzte Arnold Coordes in die Runde hinein. „Ja genau, ich habe heute fünfundzwanzig Nachrichten bekommen, alle wollen wissen, was bei uns los ist", ergänzte Tanja Dusends. „Passt auf Leute", brachte sich Torre Breedenbeek ein, „ganz einfache Kiste, ich werde morgen einen Beitrag setzen, in dem wir unser großes Beileid bekunden. Ich übernehme ab sofort ein bissel die Handlungsführung. Einer muss es ja machen, ist das okay für euch?", grinste er. Nach einer kurzen Abstimmung war klar, dass Torre die Dinge leiten würde und die Anfragen eben auch. „Ihr unterstützt mich wie gehabt bei Siefke und das Ganze läuft seinen Gang. Es ist sehr traurig und ich habe auch Angst, dass noch mehr passiert, aber wir müssen gerade jetzt noch mehr aufeinander aufpassen. Vielleicht ist ja noch jemand mehr in Gefahr, wer weiß, aber wir achten aufeinander." Torre wirkte souverän und gelassen, so wie man ihn kannte, ja fast wie ein Bollwerk der Gruppe. „Ich hab auch Angst Torre, meinst Du es ist Zufall, dass gerade vier Admins aus unserer Gruppe ermordet worden sind?", brachte sich Alex Plenter ein und sah Torre fragend an. „Nun, ein Zusammenhang ist denkbar, aber ich kann mir leider auch keinen Reim darauf machen. Es kann mit unserer Gruppe zusammenhängen, darum ist es ja so wichtig, dass wir nun zusammenhalten und die Gruppe in Siefkes Sinne weiterführen. Ich werde einen gefühlvollen Post setzen und damit erst mal die Anfragenflut eindämmen. Dazu den Dank an die verstorbenen Admin Kollegen und gut is." Torre sprach klare Worte und beruhigte die Runde durch seine Art. „Okay noch eins", ergänzte er, „zur Polizei, wie immer vereinbart, keine Gruppendetails, keine Auskünfte und keine Mutmaßungen. Das haben wir uns immer geschworen, wir halten dicht, freie Friesen stehen füreinander ein und schließen die Kreise, wenn nötig. Ich will kein Geplapper über Gerüchte, Vergangenes und und und." Torre beschwor seine Admin-Kollegen noch mal. „Wir wissen ja auch nichts Torre, was sollen wir denn erzählen, wir können uns doch alle keinen Reim daraus machen, was da abgeht, es gibt doch keinen Grund für einen Mord hier bei uns in der Gruppe", Jörg Straaten brachte es noch mal auf den Punkt. „Gründe für Morde gibt es immer, Jörg, nur wir kennen sie nicht und darum plappern wir auch keine Gerüchte oder Vermutungen aus. Wir halten dicht und wissen nichts, es kommt der Gruppe nur zu Gute", ermahnte Breedenbeek Jörg Straaten noch mal. „Ja, schon klar", antwortete Straaten, „wir haben ja auch unsere Folgeprojekte in der Gruppe, das Treffen im Herbst und mehr. Ich weiß, wir halten uns an unsere Küren, wie immer." Alle reichten die Hand zur Mitte und bildeten einen Kreis daraus. Das war das Zeichen der Verbundenheit. Es war schon spät als alle nach Hause kamen. Jörg Straaten lag noch lange wach und dachte an den Abend. Gut, dass sie so strukturiert vorgingen. Gut, dass alle zusammenhielten.

Rund um die Uhr
Verhör

„Herr Meyer, ich frage Sie nun zum letzten Mal: Haben Sie sich an Frau Jaspers vergangen, haben Sie in den vergangenen Jahren zwei weitere Taten wie diese verübt?" Okko Bruns schlug mit der Faust auf den Tisch, er war ungehalten. Seit drei Stunden verhörte er nun diesen Edgar Meyer, und dieser wollte einfach nicht reden. Meyer schwitzte und man sah ihm die Anstrengung an. „Ja, Mann, ja, ich war das, ich hab das getan!" Erleichterung wich der Anspannung, und Edgar Meyer wirkte nun etwas gelöster. „Endlich, meine Güte, war doch ganz einfach oder? Reden kann auch mal vieles leichter machen, Herr Meyer." Okko

Bruns war froh, endlich ein Geständnis bekommen zu haben. „Herr Meyer, am selben Tag wurde am Upstals-boom ein Mann ermordet. Sie waren in der Nähe, was wissen Sie darüber?" Lana Booken griff in das Verhör ein. „Nichts, gar nichts, bitte glauben Sie mir, ich habe damit nichts zu tun, ich hab das ja nicht mal gesehen, ich war joggen, und außer der Frau hab ich keinen Menschen dort gesehen. Ich bin kein Mörder, ich hab niemanden umgebracht. Bitte glauben Sie mir." Meyer rutschte auf dem Stuhl hin und her und fing an zu weinen. „Mir tut das alles doch so unendlich leid, ich wollte das alles nicht, es war dieser scheiß Trieb, ich kam nicht dagegen an, Gott mag mir beistehen, ich kam nicht dagegen an." Meyer hatte mittlerweile tellergroße Schweißabdrücke unter seinen Achseln. Auch der Rücken war klitschenass. „Okay Herr Meyer, wir werden das alles noch mal prüfen. Sie werden nun meiner Kollegin alle drei Fälle genau erzählen. Wir wollen alles zu den Taten wissen. Wenn Sie kooperativ sind, kann sich das mildernd auf Ihre Strafe auswirken, kann, muss aber nicht." Bruns hatte Teedurst und musste hier nun mal raus. „Lana, bitte nimm seine Aussagen alle auf, das Verhör endet erst mit dem Abschluss aller drei Missbrauchsfälle. Er sitzt hier solange bis er alles gesagt hat." Lana nickte und Okko verließ den Raum. Es war nun mittlerweile Abend, und gleich sollte das gemeinsame Meeting der Soko statt-finden. „Noch gerade 'ne gute Zeit für 'ne Tasse Tee", dachte Okko Bruns sich und setzte eine Kanne an.

„Moin", Ilka Pommer und Peter Jensen von der Kripo Leer betraten den Raum und Okko schlürfte gerade seine dritte Tasse Tee. Lennert Jakobs schaute gleich zu Ilka Pommer und lächelte. Er war fasziniert von dieser hübschen Frau. Er wusste aber sofort, seine bekannte Anmache würde hier nicht fruchten. Er musste sehr, sehr besonnen vorgehen. Irgendetwas war bei Ilka anders. Jakobs fühlte zum ersten Mal seit Langem ein Klopfen im Herz statt in der Hose. Das machte ihn nachdenklich.

„Moin zusammen, setzen und Tee trinken", Okko Bruns ergriff das Wort: „Nun, wir haben drei Morde." „Vier Morde Okko, vier Morde", Lana stürmte in den Raum. „Wir haben gerade eine Nachricht aus Leer bekommen, am Plytenberg wurde eine junge Frau aufgefunden, mit durchgeschnittener Kehle und einem Neujahrskuchen in der Wunde, dasselbe Muster und mit Sicherheit derselbe Täter. Wir sollten sofort aufbrechen." Lana war sichtlich aufgeregt und wirkte sehr traurig. „Scheiße Mann, Scheiße, und noch mal Scheiße, was ist denn bloß los hier Mann?" Okko Bruns schlug wieder mit der Faust auf den Tisch. „Ja, lasst uns sofort fahren. Sofort!" Bruns schien sich nun ein wenig zu beruhigen. Er brauchte einen klaren Kopf, klar denken und schnell handeln. Er hatte so was geahnt. Und er ahnte auch, dass dieser Fall ihn noch sehr beschäftigen sollte, er stand mit den bisherigen Ergebnissen an der Wand. Auf dem Weg zum Auto klingelte sein Handy. „Bruns hier, was gibts?", er hatte die Nummer nicht erkannt. „Was es gibt, was los ist, Mann Bruns, schlafen Sie weiter, ich hänge Ihre alten Eier an den Upstalsboom wenn ich nicht binnen 48 Stunden ein Ergebnis von Ihnen habe!" Kriminalrat Osterkamp schrie in sein Telefon. „Wir haben einen vierten Mord, Sie Amateur, oder wissen Sie das auch noch nicht?" Okko Bruns blieb nun ganz gelassen. „Ja klar, Herr Osterkamp. Ja klar, weiß ich das, wir sind auf dem Weg dorthin und Sie dürfen ruhig ein wenig leiser reden, ich verstehe noch alles." „Der muss sein Telefon triefnass haben", flüsterte Lana Okko zu und griente, „bei dem Gespütter herrscht sicher Hochwasser in seiner Sprachmuschel am Handy, ich meine, es blubbert hier auch schon ein Weilchen", Lana lachte nun etwas deutlicher.

Plytenberg

„Scheiße Mann, der Anblick nun zum vierten Mal, Scheiße Mann, dieses Schwein." Okko Bruns schaute auf die Tote neben der Bank auf dem Gipfel des Plyten-bergs. „Wie lange ist die Frau schon tot?", fragte Lana Booken. „Nach ersten Erkenntnissen circa 10 bis 12 Stunden", erwiderte Leevke Seeberg von der Spuren-sicherung Oldenburg. „Genaues dann über die Gerichtsmedizin", fügte sie hinzu. „Okay, gibt es Zeugen, Beweisstücke oder verdächtige Umstände, die uns weiterhelfen können?", fragte Peter Jensen von der Kripo Leer. „Nein, aktuell noch nicht, wir werten die Spuren so schnell es geht aus. Einzig die

Reifenspuren unten am Seitenstreifen des Plytenbergs könnten interessant sein", ergänzte Richard Krusen, der zweite Spurensicherer aus Oldenburg. „Okko, lass uns nach Aurich fahren und uns zusammensetzen, unser Täterprofil muss noch mal überdacht werden. Was haben wir übersehen?" Lennert Jakobs schaute Okko fordernd an. Okko nickte und die Beamten machten sich auf den Weg nach Aurich.

„Bruns hier, was gibt's?" Auf der Rückfahrt erreichte Okko Bruns ein Anruf der Leeraner Feuerwehr: „Peter Hinderks hier, Leitung der Feuerleitstelle Leer, wir haben vielleicht etwas für Sie. Heute wurde uns ein brennendes Fahrzeug gemeldet, ein Dacia Duster mit Bremer Kennzeichen, wir konnten nur noch die Karosse erkennen und das Nummernschild." „Okay, wer hat es gemeldet?", fragte Okko. „Ein Schafbauer, der den Deich Richtung Emden gepachtet hat. Das Fahrzeug stand auf dem Parkplatz, gleich hinter Leer Richtung Emden, ist ein Pendler- und Aussichts- parkplatz. Bissel versteckt aber viele kennen den." „Dankeschön wir wissen Bescheid und kümmern uns sofort darum. Ja, ich weiß, wo das ist, Dankeschön Herr Hinderks", gab Okko zurück. Die sofort eingeleiteten Ermittlungen ergaben ein gestohlenes Fahrzeug, das nachts zuvor in Neermoor zuletzt gese- hen wurde. Verwertbare Beweise wieder Fehlanzeige. Nach der Ankunft in Aurich setzten sich die Beamten der Soko Aurich-Leer zusammen. Der Raum wurde vom Beamer hell erleuchtet und alle Mordfälle wurden noch mal in Relation zueinander gestellt. „So, was haben wir nun bis dato?", fragte Okko Bruns in die Runde. „Wir haben vier Tote nach gleichem Mordschema, wir haben vier gestohlene, ausgebrannte Fahrzeuge, wir haben vermutlich einen Schwertkämpfer, der präzise damit umgeht. Wir haben aber weder eine verwertbare DNA noch ein Motiv. Bei dem Motiv kommen wir so langsam aber weiter. Somit scheidet Frau Janssen definitiv aus. Auch der Triebtäter scheidet nun klar aus. Die Adminkollegen eigentlich auch, weil sie Alibis haben, die meisten sind schon geprüft." Lana fasste die Fakten noch mal zusammen. „Wir haben ein mögliches Wirkfeld durch die gestohlenen Autos, das Moormerland", ergänzte sie. „Was sagen die Daten Lana, gibt es im Moormerland Personen, die im Computer auffällig wurden, lässt uns das hoffen?", fragte Okko Bruns seine Kollegin. „Nein Okko, bis dato finden wir keine auffälligen Personen im Moormerland, lediglich zwei Administratoren wohnen dort. Beide Alibis wurden aber schon bestätigt", erwiderte Lana. „Hexenwerk, Scheiße Mann, jemand 'ne Idee, wie wir weitermachen?" Okko fluchte und trank hastig Tee. „Nun ja, wir sollten die Admins der Ostfriesengruppe noch mal richtig in die Mangel nehmen. Warum ist die Gruppe geheim, gibt es verärgerte Mitglieder, gibt es Geldflüsse und und und", warf Peter Jensen ein. „Gerade eine Nachricht bekommen, dass auch Wiebke Bolsen eine Administratorin dieser Gruppe ist, beziehungsweise war", ergänzte er. „Ich sage euch, die Wurzel allen Übels liegt in dieser Facebook-Gruppe. Nirgends anders, genau hier." Okko manifestierte seine Aussage geradezu. Der Abend war noch nicht zu Ende, die Beamten erarbeiteten eine Ermittlungsstrategie, die sich nun ausschließlich mit der Facebook-Gruppe beschäftigen sollte. „Wir holen alle verbliebenen Admins noch mal hierher, Vernehmung, einzeln morgen rein und jeweils solange, bis wir neue Anhalts-punkte bekommen oder wirklich ausschließen können, dass jemand von ihnen auch nur das Gerings-ste mit den Fällen zu tun hat." Okko schlürfte seinen Tee und haute mit der Faust auf den Tisch. „Aber Okko, das haben wir doch schon gemacht, da ist aktuell kein Anhaltspunkt für einen Verdächtigen." Lana schaute Okko fragend an. „Egal Lana, wir beginnen mit den Administratoren aus Moormerland, ich will die hier-herhaben, am besten schon morgen." Okko sah Lana bestimmend an.

Der Verdacht

Am Morgen danach saß Okko Bruns schon um sieben Uhr dreißig am Schreibtisch und schlürfte seinen ersten Tee. „Lana, wann werden die Moormerländer herbestellt, ist das veranlasst?" Okko war ungeduldig. „Okko, es ist noch nicht mal acht Uhr, ich mach das gleich." Lana wählte die Nummer von Torre Breedenbeek. Eine Stunde später saßen Torre Breedenbeek und seine Freundin Tanja Dusends im

Präsidium. Beide in verschiedenen Zimmern. Das Verhör beider verlief recht zäh, Tanja Dusends verstand gar nicht, was man von ihr wollte. Breedenbeek wirkte kühl und beteuerte sachlich noch mal sein Alibi. Alles sprach bei beiden gegen eine Täterschaft. Okko Bruns wurde immer ungeduldiger und der Tee schmeckte auch nicht mehr so recht. DNA-Spuren auf dem Tuch, seine große Hoffnung: Fehlanzeige. Regen und Schietwetter hatten die gute Spur ungünstig beeinflusst und keine brauchbare DNA hinterlassen. Die beiden Admins aus dem Moormerland konnten eine Stunde nach Ankunft die Dienststelle wieder verlassen, und so verging der Tag mit erneuten Verhören der gesamten Admins und Moderatoren. Bei keinem konnte ein Motiv gefunden werden. Alle wirkten aber auch sehr verschlossen. Okko und auch Lana wurden das Gefühl nicht los, dass es bei den stolzen Ostfriesen etwas gab, das sie noch nicht wussten. „Lana, da stimmt was nicht, die waren alle mega verschlossen und sobald nach Janssen gefragt wurde, ging nichts mehr." Okko schlürfte seinen Tee. „Das Gefühl habe ich auch Okko, und der Breedenbeek kommt mir komisch vor, er ist so selbstsicher, fast arrogant in seinen Antworten", bestätigte Lana Okkos Einschätzung. Die beiden saßen noch eine Weile zusammen und beratschlagten die weiteren Ermittlungen. „Leute, ich hab da was!" Lennert Jakoks stürmte in den Raum. „Ihr werdet es nicht glauben, aber Siefke Janssen hatte einen Gegenspieler in der

Gruppe, wir sind gerade dabei, diesen zu finden. Janssen hat diverse Nachrichten von ihm bekommen und auch verschickt. Es war ein Eklat über mehrere Monate, die Texte waren sehr kontrovers!" Okko und Lana spitzten die Ohren. „Na, das ist ja was ganz Neues, wer hätte das gedacht", Okko wirkte erstaunt aber auch etwas belustigt. „Das wirft natürlich ein komplett neues Verdachtsfeld auf." Lana wirkte sofort hellwach. „Wir müssen sein ganzes Umfeld ermitteln und ihn sofort einbestellen, wenn wir wissen wer er ist." „Ja, da sind wir gerade dabei, er scheint eine Weile als Administrator mitgemacht zu haben, doch irgendwann war er verschwunden. Aus den Gruppen und auch insgesamt aus Facebook. Er scheint unehrenhaft ausgeschieden zu sein." Jakobs sprudelte seine neuen Erkenntnisse erst mal alle raus und genoss die Aufmerksamkeit. „Wann können wir damit rechnen, dass er namentlich bekannt ist, Lennert?" Okko fragte sehr bestimmt und Lennart spürte seinen Druck. „Ich denke, morgen früh Okko, wie schon gesagt, morgen früh wissen wir mehr." Lennert Jakobs gab sich gewiss und sicher. „Okay, ihr Lieben, lasst uns morgen weitermachen. Heute ist mal bissel eher Schluss." Okko fuhr seinen PC runter und schlubberte seinen letzten kalten Tee.

Unruhig

Die Fratze lief in ihrer Garage hin und her, eine gewisse Unruhe machte sich bei ihr breit. Die vier Bilder mit den durchgekreuzten Adminkollegen der Facebook-Gruppe machten sie nachdenklich. Sie hatte nun alle sogenannten „Freunde" erledigt und doch war sie nicht zufrieden. Irgendetwas quälte die Fratze im Unterbewusstsein. Sie schien noch nicht fertig zu sein, aber was war es? Was hatte sie nicht bedacht? Was fehlte noch in ihrem Gesamtplan? Was hatte sie übersehen? Die Fratze ließ noch mal alles Revue passieren, wie alles angefangen hatte, sie war so verarscht worden. Aber ja nicht nur sie, die ganze Geschichte hatte mit dem Neujahrskucheneisen mit Ostfrieslandwappen angefangen. Die tolle Idee, dann die Resonanz der Gruppe, die vielen tausend Stunden, die die Fratze eingebracht hatte und die große Einigkeit aller. Der erste Prototyp, dann die gesamte ostfriesische Presse. Alle wollten davon erfahren. Nach über 30 Jahren hatte eine Facebook-Gruppe es mit einem Hersteller geschafft, dieses traditionelle Neujahrskucheneisen wieder auf den Markt zu bringen. Diesmal in friesisch blau und mit dem Gruppenlogo auf jedem Karton. Ganz Ostfriesland konnte sehen, dass diese Gruppe es mitentwickelt hatte. Dann die plattdeutsche Gebrauchsanweisung, erstmalig in Deutschland für ein Elektrogerät. Oh Mann, was waren doch alle glücklich gewesen. Und dann das. Hinterlistig, habgierig und an ihr vorbei. Und sie hatte ihnen vertraut. Wenn da nicht Siefke Janssen den Fehler gemacht und es dem Ex-Administrator anvertraut hätte. Nachdem Siefke ihn aber aus der

Gruppe geworfen hatte, war gerade er es, mit dem die Fratze sich ausgetauscht hatte. Gerade dieser Ex-Admin hatte ihr alles über Siefke bis ins Kleinste erzählt, alles! Und eben auch das, was sich hinter ihrem und anderen Admin-Rücken der Gruppe abspielte. Zunächst hatte sie nicht an Rache gedacht, alles nur Lüge, aber dann, ja dann... Puzzlestück für Puzzlestück hatte sich zusammengefügt, am Ende die Geschichte von Siefkes Eskapaden und den Machenschaften bestätigt. Und da wusste sie Bescheid.

„Moment mal, das ist es, genau das ist es, darum bin ich so unruhig. Genau das ist das Problem." Die Fratze hatte nun das fehlende Puzzlestück für ihre Unruhe gefunden. „Der muss weg, der weiß zu viel. Der verrät mich oder über ihn werde ich verdächtig. Mann, da hätte ich dran denken müssen!", die Fratze biss sich auf die Zähne. Sofort setzte sie sich an ihren PC und suchte ihn bei Facebook auf. Über den Messenger schrieb sie erst mal ein freundliches „Moin". Danach druckte sie ein Foto von ihm aus und hängte es neben die vier anderen an die Wand der Garage. Bis zum Abend kam keine Antwort. Eher ungewöhnlich, weil er ansonsten oft online war und Anfragen aus der Erfahrung relativ schnell beantwortete. „Auf ein Neues", dachte sich die Fratze und schrieb ihn noch mal an. Die Antwort ließ nun nicht lange auf sich warten.

Im Messenger stand: „MOIN, LASS MICH IN RUHE, VERPISS DICH!"

Die Fratze war für einen Moment geschockt, damit hatte sie nicht gerechnet. Dieser Ex-Admin war sonst ein sehr netter und umgänglicher Mensch mit vielen Kontakten und auch sehr kommunikativ. Wenn er sich damals wegen der Gruppenregeln ruhiger verhalten hätte, wäre er heute noch im Team. Aber er musste sich ja mit Siefke überwerfen. Ahnte er nun die neuen Zusammenhänge, hatte er von den Morden gehört? War der Verdacht dadurch nun auf sie gefallen? Würde er die Polizei informieren? Im Messenger zeigte sich eine rote Eins. Er hatte noch mal geantwortet. Die Fratze machte den Chat auf und las die Wörter: „MÖRDER, DU VERFLUCHTER MÖRDER!"

Im nächsten Moment war der Kontakt blockiert, und die Fratze konnte ihn nicht mehr sehen, weder das Profil noch die Nachrichten. Er war wie vom virtuellen Erdboden verschwunden.

Jan Nordes

Jan Nordes saß in seinem Auto und las die Facebook-Nachrichten. Wieso kontaktierte „die Fratze" ihn nach so langer Zeit. Nordes hatte Angst, große Angst vor ihr. Nach den Geschehnissen, die er zum Teil aus der Zeitung, zum Teil bei Facebook gelesen hatte, war ihm nun klar, wer hinter diesen hässlichen Taten stand. Zumindestens vermutete er es. Auf die Nachricht von der Fratze hatte er nicht sofort geantwortet. Abends dann hatte Nordes die Fratze nach deutlichen Worten blockiert. Aber Nordes hatte einen großen Fehler gemacht, nun wusste die Fratze, dass er sie verdächtigte.

Was nun? Zur Polizei gehen? Sie anzeigen? Auf keinen Fall. Damit machte er sich zum Mitwisser und automatisch auch zum Straftäter. Er war gerade in der Zeit mit Siefke im Team gewesen, war über alles informiert, die heimlichen Verträge, die Hinterlist den anderen Admins gegenüber, und letztlich auch über den anstehenden Steuerbetrug, den Siefke und die drei anderen Admins begangen hatten. Nichts war gemeldet worden, schwarz, am Fiskus vorbei. Oh Mann, Siefke hatte dabei wirklich an alles gedacht. Mit einem Marketingunternehmen die gesamte Sache mit dem Neujahrskucheneisen unter der Hand geregelt. Alles am Fiskus vorbei. Alles in die eigene Tasche. Genau darin war Siefke ein Perfektionist. Und Nordes hatte alles gewusst. Warum hatte Siefke ihn nur rausgeschmissen? Siefke war so uneinsichtig bei den mittelalterlichen Gruppenregeln gewesen, welche sich an den Küren der Friesen orientierten. Nordes fand diese Gruppenregeln einfach nur scheiße. Das hatte dann letztlich zum Eklat zwischen Siefke und ihm geführt. Ja, zugegeben, daraufhin war Nordes mega wütend gewesen und hatte nach anfänglichem Zögern Kontakt zur Fratze aufgenommen. Am Anfang wollte er nur die Ungerechtigkeiten gegen die anderen Admins der Facebook-Gruppe bekunden, aber dann war es auch ein Stück Rache. Siefke einfach da zu treffen, wo es am effektivsten ist. Ja klar, im Nachhinein war es absolut falsch, absolut daneben. Und nun nach den Mediennachrichten war er wohl der Auslöser dieser grausamen Taten, zumindestens mitschuldig. Nach dem Mord an Siefke hätte er zur Polizei gehen müssen, sofort reagieren, aber er hatte eben Angst. Nun, nach vier Morden, war seine Angst fast panisch, und gerade heute meldete sich die Person bei ihm, die mit großer Wahrscheinlichkeit bestialisch gemordet hatte. „Du musst untertauchen, ganz schnell untertauchen und für eine Weile verschwinden", dachte er bei sich, startete seinen Wagen und fuhr los. Er hatte 850 Euro Bargeld mit. Somit einfach los und weg hier, weg aus Ostfriesland. Er buchte für fünf Tage ein Hotel in der Nähe von Bremen und nahm sich per Whats App erst mal Urlaub. Urlaub vom mörderischen Ostfriesland.

Gruppentrauer:

Wir trauern um unsere Adminkolleginnen/Kollegen

Siefke Janssen (Gründer und Admin)

Uta Olson (Admin)

Hans Rolfes (Admin)

Wiebke Bolsen (Admin)

Unser tiefes Mitgefühl gilt den Angehörigen und Freunden.

Wir wünschen ihnen ganz viel Kraft und Gottes Trost für den schweren Verlust.

Wir werden sie in ewiger Erinnerung behalten. Ihre Seelen bleiben bei uns in der Gruppe.

Eala Frya Fresena

Liebe stolze Ostfriesen und Friesen,

mit tiefer Bestürzung müssen wir nun Abschied nehmen, Abschied von unseren Admin-Freunden, Siefke, Uta, Hans und Wiebke. Siefke hat diese Gruppe seit fast neun Jahren mit voller Leidenschaft geleitet und auch gegründet. Uta, Hans und Wiebke haben ihn, wie auch wir, immer unterstützt. Die verbleibenen Admins werden die Gruppe in Siefkes Sinn weiterleben lassen und hoffen auf eure Solidarität und Treue zur Gruppe. Lasst uns zu ihrem Gedenken eine Stunde lang alle Beiträge, Kommentare oder Likes verstummen lassen. Wir starten um 15:00 Uhr damit. In tiefer Trauer, die Admins und Moderatoren der stolzen Ostfriesen.

Torre Breedenbeek drückte auf Posten und setzte seinen Trauer-Post in die Gruppe. Er war sichtlich zufrieden mit der Wortwahl und binnen 3 Minuten wurde er 93 Mal geliked. Na, es war noch keine 15:00 Uhr, somit noch absolut okay. Die Stunde wurde dann, bis auf zwei Beiträge, auch von allen Mitgliedern eingehalten, wie schon so oft eine tolle, hoch disziplinierte Facebook-Gruppe, die es so in dieser Form wohl nur wenige gab. Torre lehnte sich zurück und schloss für einen Moment die Augen. Ein leichter Tränenfluss kam aus seinem rechten Auge, war wohl die Zugluft von der Autofahrt, dachte er so bei sich.

Nichts bleibt wie es ist
Für immer gehen

Mittlerweile waren alle vier ermordeten Admins der Gruppe „Wi sünd Oostfreesen un dat mit Stolt" obduziert und freigegeben worden. Dieser Montag sollte nun in vier verschiedenen Orten ein echter Trauermontag sein. Alle vier Beerdigungen fanden um 13:00 Uhr statt, und Okko Bruns hatte in allen vier Orten Beamte der Soko Aurich-Leer postiert, die den Trauerfeiern beiwohnten. Sie sollten die Trauergäste beobachten und eventuelle Parallelen möglicher Verdächtiger aufzeigen.

Lana Booken war heute in Idafehn bei der Beerdigung von Siefke Janssen. Der Friedhof lag am unteren Ende des Dorfes, neben einer geschlossenen Gaststätte. Mal davon abgesehen, dass die Kapelle sehr klein war, drängten sich die Angehörigen, Freunde und Bekannten neben allen Neugierigen eng aneinander. Der Pastor sprach von Janssen in verschiedenen Facetten, auf der einen Seite von einem Mann, dem Familie, Verantwortung und Pflichtbewusstsein immer sehr wichtig gewesen war, auf der anderen Seite, von einem Mann, dem in der Mitte seines Lebens einige Kapriolen widerfahren waren, die nicht jeder verstehen konnte. Er sprach von der Gruppe, von Veränderungen und auch von Geheimnissen, die erst nach Janssens Tod bekannt wurden. Am Ende bat er Gott um die Aufnahme der Seele Janssens und um Verzeihung für manchen Fehltritt. Dem Gang zum Grab folgten mindestens 150 Menschen. Lana kannte keinen von ihnen… oder Moment mal… doch einen… den Moormerländer Torre Breedenbeek. Er wurde von einem weiteren Admin der Gruppe begleitet. Lana wartete die Feierlichkeiten ab und postierte sich am Ausgang bei den parkenden Autos. „Moin Herr Breedenbeek, ist schon eine traurige Geschichte mit Ihrem Kollegen. Viel zu früh und so brutal. Kannten Sie die Janssens persönlich gut?" „Nein Frau Booken, ich kannte ihn nur über die Gruppe und diverse Treffen, er war ein guter Admin und ja auch der Gründer dieser Gruppe. Ich habe ihn stets für sein Engagement respektiert und ihn gerne unterstützt. Als er mich in die Adminrunde eingeladen hatte, waren meine Worte: ‚Es ist mir eine Ehre, Dich zu unterstützen'. Dazu stehe ich nach wie vor und werde die Gruppe in seinem Namen weiter gerne unterstützen." Arnold Coordes, ein weiterer Admin der Gruppe der stolzen Ostfriesen, nickte Breedenbeek wohlwollend zu. „Ja, wir alle werden Siefkes Erbe der Gruppe weiterführen. Es gibt Vereinbarungen, die wir getroffen haben, damit die Gruppe immer weiterleben kann, egal wer nicht mehr dabei ist." „Na ja", Lana Booken zog die rechte Augenbraue hoch, „alle die übergeblieben sind, Herr Coordes, alle, die noch leben. Wir haben vier tote Aministratoren einer Hobby-Freizeit-Facebook-Gruppe, und es gibt meiner Meinung nach einen Grund dafür, dass diese vier Menschen gestorben sind. Und den finden wir in der Gruppe, versprochen." Breedenbeek und Coordes rollten mit ihren Augen und verabschiedeten sich von Lana Booken. „Wenn es noch etwas gibt, melden Sie sich bei uns, wir helfen gerne und starten bei Bedarf auch einen Aufruf in der Gruppe", ergänzte Breedenbeek. „Das lassen Sie mal schön bleiben, das ist Aufgabe der Polizei, Herr Breedenbeek, wo kommen wir da hin, wenn Hobby-Ermittler in einer Facebook-Gruppe rumrühren. Da wird nichts von, denke wir verstehen uns." Lana wirkte ernst und bestimmt.

Neu ordnen

Okko Bruns saß inmitten seiner Soko Aurich-Leer und wütete mit der Faust auf den Tisch. „Verdammte Scheiße, Scheiße noch mal, wir haben eigentlich nichts. Tausend Spuren, zwei Hände voll Verdächtiger und trotzdem tappen wir immer noch im Dunkeln. Was ist das für eine Scheiße, Mann. Lana, wat is mit Tee, ich brauch Tee und zwar jetzt." Lennert Jakobs, Lana Booken und er von der Kripo Aurich, sowie Peter Jensen und Ilka Pommer von der Kripo Leer standen vor der großen Glaswand mit allen Beteiligten. Etliche

Verbindungslinien, etliche Fragezeichen und diverse gestrichene Personen wiesen auf das Riesen-Chaos hin, was aktuell herrschte. Der Druck der Presse und der Führung des Landeskriminalamtes sowie der Staatsanwaltschaft, war bis in die Schuhsohlen spürbar. Um den Fall noch in eigenen Reihen zu lösen, bedurfte es nun schneller, sehr schneller Ergebnisse. Den Fall Annita Jaspers konnte man nun als erfolgreich ermittelt zu den Akten legen. Aber er stand ja auch in keinem Zusammenhang mit den vier Morden.

Lana brachte frischen Tee, und Okko schlürfte erst mal zwei Tassen im Sekundentakt. Kaum zu glauben, dass man Tee so heiß inhalieren kann. „Haben wir nun jemanden in der Guppe, der dort nach verdächtigen Kommentaren oder Posts sucht und die Gruppe durchforstet?" „Ja", erwiderte Lana Booken, „das haben wir. Seit gestern haben wir den Bottruper Michi Althorn als V-Mann aktiviert. Er kennt die Gruppe sehr gut und ist absolut loyal. Er wird uns mit möglichen relevanten Informationen versorgen. Den Kontakt haben wir über einen pensonierten Kripobeamten hergestellt, und Herr Althorn ist der Gruppe als aktiver User bekannt. Da denkt keiner an einen Informanten." „Gut so", erwiderte Bruns und schlürfte seinen dritten, viel zu heißen Tee, „dann klappt wenigstens das." „Was ist mit dem Ex-Mitadmin von Janssen?", brachte sich Jensen ein, „wissen wir nun wo er ist und hat ihn jemand befragt?" „Ja, wir wissen nun, dass es der Holthuser Jan Nordes ist," erwiderte Jakobs, „er war eine Zeit lang in beiden Gruppen tätig. Wir haben ihn gestern wie abgesprochen identifiziert und in Holthusen aufgesucht. Er war aber nicht zu Hause und nach Recherche seines Facebook-Profils ist er seit gestern abend nicht mehr sichtbar. An seinem Arbeitsplatz ist er heute morgen nicht erschienen, er hat sich für eine Woche abgemeldet und Urlaub genommen." „Scheiße Mann, Scheiße, verdammt, was ist nur los. Irgendetwas in der Gruppe stinkt hier doch zum Himmel. Ich will, dass der Typ gesucht und hierhergebracht wird. Sucht in allen möglichen Unterkünften, Hotels und Ferienwohnungen. Der muss doch zu finden sein." „Vielleicht ist er ja auch in Gefahr, Okko", brachte sich Ilka Pommer ein, „vielleicht weiß er ja zu viel und hat sich deshalb aus der Gruppe verabschiedet, vielleicht ist er ja untergetaucht." Okko überlegte kurz. „Annehmbarer Aspekt, Frau Pommer, ja könnte sein, warum sonst verschwindet er gerade jetzt. Also auf, meine Lieben, sucht mir den Kerl, vielleicht ist er der Schlüssel zu allem."

Untergetaucht

Jan Nordes hatte sich ein Zimmer in Bremen bestellt. Er hatte peinlich darauf geachtet, ein Hotel zu finden, in dem er unter falschem Namen einchecken konnte. Er traute der Fratze alles zu. Und auch die Polizei durfte ihn nicht finden. Damit, dass er von Beginn an zu viel gewusst und auch noch weitergegeben hatte, war er automatisch zu einem Mittäter geworden. In ihm wuchsen die Pläne Deutschland zu verlassen, ein für alle Mal. Eine mögliche Anklage auf Anstiftung zum Mord, Hetze und Vertuschen von Straftaten, könnte in Deutschland das Ende seiner Freiheit sein, die er doch so liebte. Nachdem er am Hotel ankam und eingecheckt hatte, schloss er sich im Zimmer ein und ordnete seine Gedanken: „Wie komme ich aus dieser Scheiße wieder raus? Die Fratze trachtet wohl nach meinem Leben und der Staat nach meiner Freiheit. Ich benötige erst mal ein Fake-Profil bei Facebook, melde mich in der Gruppe an und schaue, was die Fratze dort so von sich gibt. Gut, dass ich eine zweite SIM-Karte habe, die nicht auf meinen Namen läuft", dachte er bei sich. Nachdem Nordes ein neues Profil bei Facebook angelegt hatte, suchte er in der Gruppe nach Einträgen der Fratze. Aktuell war nichts zu finden aber das hieß ja nichts. Auf seinem eigenen Profil waren zwei aktuelle Einträge, die er sehen konnte, nichts wies aber auf einen Suchaufruf oder etwas hin, was in seine Richtung ging. Zufrieden gönnte er sich ein Glas Wein und schlief kurz darauf mit dem Handy in der Hand ein.

Beim Frühstück, am nächsten Morgen, saß Jan Nordes am Fenster des Frühstücksraums und schaute auf die wunderschöne Gasse in der Bremer Innnenstadt. Er dachte wieder an den Streit mit Siefke und die Zeit als Admin sowie an seine aktuelle Situation. So verfahren, so aussichtslos, hatte er sich noch nie gefühlt. Plötzlich schoss ihm ein Gedanke durch den Kopf. Er hatte nur

Bargeld mit, keine Bankcard, keine Kreditkarte, nichts. Wie sollte er nun längerfristig untertauchen, wie könnte er nicht nachvollziehbar an seine Konten kommen, ohne aufzufallen. Schweiß setzte sich auf seiner Stirn ab. Leichter Schwindel machte sich breit, ein Zustand, den er nur bei starker Anstrengung oder Stress kannte. Irgendjemand musste ihm helfen. Irgendjemand, dem er vertrauen konnte. Aber wer, wer konnte ihm nun hier in Bremen helfen?

Suche

Die Fratze war auf dem Weg nach Holthusen, in die Ehrenstraße. Sie fuhr langsam an dem Haus von Jan Nordes vorbei. Sein Auto stand nicht da, sie hatte es auf diversen Treffen schon mal gesehen. Wo war er nur? Sie musste ihn nun schnell finden, bevor Nordes die Nerven verlieren würde. Die Fratze bog links in die Nebenstraße ein und stieg aus. Langsam schlich sie sich an das Haus heran und ging links am Haus vorbei. Hinter dem Haus erblickte sie einen schönen Garten mit Terrasse. Auf einmal berührte sie etwas an der Wade, sie schreckte auf und schaute nach unten. Ein kurzes Bellen eines kleinen Mischlings brachte sie für einen kurzen Moment aus dem Konzept. „Blöder Köter", fluchte sie leise und stieß das Tier mit ihrem rechten Fuß von sich weg. Der Hund jaulte noch mal auf und flüchtete ins naheliegende Gebüsch. Die Fratze schaute in jedes Fenster, konnte aber nichts und niemanden entdecken. Die Einrichtung war typisch friesisch und lud zur Gemütlichkeit ein. Aber sie wollte hier ja keinen Tee trinken oder ein Pläuschchen halten, sie wollte Nordes finden. Nachdem sie sich vergewissert hatte, dass niemand da war, schlug sie mit einem Lappen um die Hand gewickelt das Fenster zur Küche ein. In der Küche stand eine Kanne Tee auf dem Tisch und eine Tasse mit einem kalten Rest. Die musste schon länger hier stehen. Auf dem Weg in den Flur klingelte es plötzlich an der Tür. Schnell wich sie durch die Terrassentür wieder nach draußen und wartete erst mal ab. „Noch mal gutgegangen. Wird Zeit, dass ich verschwinde, Nordes ist definitiv nicht hier. Jede Minute mehr bring ich mich selber in Gefahr, erkannt oder später wiedererkannt zu werden, also weg hier, schnell weg." Nachdem sie die Ehrenstraße wieder verlasssen hatte, fuhr sie zum Arbeitsplatz von Nordes, einem Tischlerbetrieb in Weener. Seitlich in der Nebenstraße wartete sie auf den Feierabend und eben auch auf Nordes. Jan Nordes kam nicht raus und auch sein schwarzer Golf stand nirgendwo. „Verdammt", dachte sie, „der ist weg. Wie komme ich an diesen Kerl, wo finde ich einen Hinweis?" Sie musste heute erst mal abbrechen, hier war nichts zu holen. Ihre Überlegungen drehten sich um die Gruppe der stolzen Ostfriesen, wer könnte Nordes zuspielen und ihm helfen? Sie suchte in verschiedenen Beiträgen der stolzen Ostfriesen, die Jan Nordes noch vor seinem Cut bei Facebook gesetzt hatte. Sie kontrollierte die Likes und Kommentare dazu und verglich die

Personen. Seine Beiträge wurden immer gerne geliked und kommentiert. Aber wer war immer dabei und was wurde wie kommentiert. Zu Hause angekommen, notierte sie die Namen der Follower der Beiträge von Nordes. Ein Name tauchte immer wieder auf. Ein Name, der in Nordes Umfeld bei Facebook allgegenwärtig war. Fast adelig: Antje van Gollen. Dies war die Zielperson, die, wenn überhaupt, etwas über Jan Nordes wissen könnte.

Kontakte sind alles.

Jan Nordes saß auf der Terrasse des Hotels und wählte die Nummer von seiner Freundin, Antje van Gollen. „Hi Antje, Jan hier, wie geht es Dir? Ich brauche unbedingt mal Deine Hilfe." Nachdem Jan Antje seine aktuelle Situation geschildert hatte, sagte Antje ihm schnelle Hilfe zu. Abgesprochen war ein Treffen in Leer, bei dem Antje ihm Bargeld und die Kreditkarte mitbringen sollte. Durch einen Zufall hatte Antje vor einem halben Jahr einen Hausschlüssel von Jan Nordes bekommen und war somit in der Lage, ihm die nötigen Dinge zu besorgen. Dazu kamen auch noch die Lebensversicherungspolice, einige Unterlagen zur Sozial- und Rentenversicherung und diverser Kleinkram. Am Ende des Telefonats bat Jan um Verschwiegenheit, was Antje erst mal echt seltsam vorkam. Sie fragte aber nicht weiter nach und war froh, ihrem Freund helfen zu können, zumal Jan auch immer sehr hilfsbereit war. Als Datum war der kommende

Dienstag um 15:00 Uhr bei „Jimmy´s Altstadt Café" in Leer gesetzt. Die beiden wollten aber vorher noch kurz miteinander telefonieren.

Althorn ermittelt

Michi Althorn war eigentlich täglich bei Facebook unterwegs. Er liebte alles mit, um und aus Ostfriesland. Darum war er auch 2019 der Facebook-Gruppe „Wi sünd Oostfreesen un dat mit Stolt", beigetreten. Hier gab es immer nette Infos und Bilder zu Aktionen in Ostfriesland, er spürte hier die Nähe zur Küste und zur friesischen Gemeinde. Vor ein paar Tagen hatte die Polizei aus Ostfriesland sich bei ihm gemeldet. Er wusste aus der Gruppe, dass sich irgendwas verändert hatte. Sowohl der Gründer als auch einige andere Admins posteten nicht mehr, und die Gruppe war dadurch insgesamt sehr unruhig geworden. Dass sich nun aber die Polizei bei ihm meldete und ihn um Informationen aus der Gruppe bat, löste zu Beginn echt Unbehagen bei ihm aus. Erst als man ihm einen kleinen Umriss der Geschehnisse gegeben hatte, sagte er zu und suchte seitdem nach Auffälligkeiten und Ungereimtheiten in der Gruppe. Heute war er gebeten worden, nach einem gewissen Jan Nordes zu schauen, er tat das akribisch und verglich die alten Kommentare und Posts von Nordes. Nach etwa einer Stunde fiel Michi auf, wer oft und viel bei Nordes likete und kommentierte. Eine gewisse Antje van Gollen schien sehr engen Kontakt zu Nordes zu haben. Althorn nahm das Handy und rief die ihm zugewiesene Nummer an. „Moin, Michi Althorn mein Name, wissen Sie wer ich bin?" Nachdem Lennert Jakobs ihm zugestimmt hatte, teilte Michi seine Beobachtungen mit. Jakobs notierte alles und bedankte sich bei ihm. Zudem bat er Althorn weiter nachzuschauen und eventuelle Auffälligkeiten zu melden. Dabei gab er ihm auch die Namen der Ermordeten, ohne zu erwähnen, dass diese nicht mehr lebten. Damit erhoffte Jakobs sich Informationen über die vier Opfer, die vielleicht noch nicht bekannt waren. Althorn sagte ihm auch da Unterstützung zu. Auf die Nachfrage, was das Ganze zu bedeuten hat, erwiderte Jakobs: „Sie tuen etwas sehr Gutes damit, Herr Althorn, ohne Ihre internen Infos kommen wir aktuell gar nicht mehr weiter und es geht um sehr schwere Straftaten, glauben Sie mir, unvorstellbare Dinge, die in der Gruppe geschehen sind." „Begebe ich mich dadurch in Gefahr, Herr Jakobs?" „Nein auf keinen Fall", erwiderte Jakobs, „keiner wird jemals von unserer Zusammenarbeit erfahren." Beruhigt legte Althorn auf und widmete sich wieder den Analysetätigkeiten bei den stolzen Ostfriesen.

Rückblick
Wie alles begann

Siefke Janssen war ein Friese mit Leib und Seele. Als gebürtiger Fehntjer beschäftigte er sich mit Ahnenforschung, der plattdeutschen Sprache, den Bräuchen und der friesischen und ostfriesischen Geschichte. Im Jahre 2010 gründete er die Facebook-Gruppe „Wi sünd Oostfreesen un dat mit Stolt". Nach anfänglichen Startschwierigkeiten und diversen Änderungen der Gruppenregeln, wuchs die Gruppe ab 2016 deutlich stärker als in den Vorjahren. Die Strukturen der Gruppe wurden stabiler, und mit eigenem Logo und diversen realen Aktivitäten machte sie sich in der Öffentlichkeit bemerkbar. Einige Zeitungen berichteten regelmäßig über das Geschehen in der Gruppe. Auch die Administration der Gruppe baute Janssen immer weiter aus. Ab 2018 waren es dann weit über 10 sogenannte Admins, die die Gruppe betreuten. Ende 2018 kam dann in Verbindung mit einem Elektrokleingerätehersteller der erste große Coup der Gruppe: Ein traditionelles Neujahrskucheneisen mit Ostfrieslandwappen wurde wieder produziert. Sogar die Gebrauchsanweisung übersetzte Janssen in die plattdeutsche Sprache. Alle Tests und Ideen dazu hatte die Gruppe begleitet. Parallel wurde eine Back- und Kochgruppe mit ostfriesischen Gerichten gegründet. Eine offizielle Seite der stolzen Ostfriesen rundete Janssens Bemühungen dann ab. Im Jahre 2019 wurde mit derselben Firma eine Neujahrskuchentrommel entwickelt und Anfang 2020 das erste gruppeneigene Kochbuch geschrieben. Als Janssen ermordet wurde, zählten die stolzen Ostfriesen circa 16.500 Mitglieder. Die Strategie der Gruppe behielt sich die sogenannte autonome Handlung aller Admins vor. Sollte heißen, jeder Admin entscheidet autonom und seine Entscheidungen werden nicht von anderen Admins revidiert oder geändert. Dieser Zustand machte die Gruppe so flexibel und es gab sehr wenig Ärger in der Gruppe. Die Mitglieder kommunizierten freundlich, der Umgang war überaus nett, und die vielen Aktionen der Gruppe machte sie eben auch sehr real. Viele Freundschaften wuchsen bis 2020 in den nun zwei Gruppen, und Janssen und seine Kollegen dachten ständig über neue Projekte nach. Gruppenaufkleber, Fahnen mit Logo und viele kleine Aktionen festigten das Gruppenbewusstsein. Die meisten Mitglieder waren 2020 schon treue und langjährige Mitglieder. Jeden Tag kamen Friesen dazu, teils auch aus anderen Ländern. Aus dieser Dynamik entstand Janssens eigenmächtiger Gang, eine Marketingfirma zwischen Hersteller und Produkt zu schalten, mit wenigen Administratoren die Hand aufzuhalten um Profit zu machen. Ein Frevel an der Gruppe und den vielen Adminkollegen, die immer noch den ideellen Gedanken folgten und diese mittels eines Schwurs am Upstalsboom auch manifestiert hatten.

Der Schwur

Es war ein kalter Novembertag am Upstalsboom. Der Wind zischte leise um das Denkmal und erzählte von den Ahnen und den jährlichen Treffen. Man musste genau hinhören um die Geschichten zu verstehen. Aber Siefke Janssen konnte das. Er stand vor dem

Denkmal und hob beide Hände zum Himmel. Um ihn herum standen seine Mitadministratoren und hörten seine Worte: „Liebe Freunde, wir sind heute zusammengekommen um die Regeln und Küren unserer Facebook-Gruppe ‚Wi sünd Oostfreesen un dat mit Stolt', im Blut zu besiegeln." Siefke redete mit einer Dramatik in der Sprache wie im Bundestag, ja vielleicht noch mehr.

Er verlas sodann die Gruppen-Küren:

„Dies ist aber die erste Küre der stolzen Ostfriesen, die besagt: Kein Administrator löscht oder entfernt einen anderen Administrator aus der Gruppe.

Dies ist aber die zweite Küre der stolzen Ostfriesen, die besagt: Jeder Administrator der Gruppe handelt autonom, seine Entscheidungen werden nicht angezweifelt oder revidiert.

Dies ist die dritte Küre der stolzen Ostfriesen, die besagt: Kein Administrator bereichert sich an der Gruppe oder ihren Mitgliedern.

Dies ist die vierte Küre der stolzen Ostfriesen, die besagt: Alle Administratoren stehen auf einer Linie zueinander, nicht minder, nicht mehr.

Dies ist aber die fünfte Küre der stolzen Ostfriesen, die besagt: Alle Administratoren setzen sich für ein freies Gesamtfriesland ein.

Dies ist aber die sechste Küre der stolzen Ostfriesen, die besagt: Hier am Upstalsboom finden alle grundlegenden Entscheidungen der stolzen Ostfriesen statt.

Dies ist aber die siebte Küre der stolzen Ostfriesen, die besagt: Kein Administrator verrät einen anderen, auch nicht vor dem Gesetz."

Siefke schnitt sich in den rechten Unterarm und seine Mitadministratoren taten Gleiches. Im selben Moment pressten sie ihre Arme mit dem Blut aneinander und schrien:

„Eala Frya Fresena sei gegrüßt,
Du freier Friese!"

Siefke sprach weiter:

„Dies aber sind die sieben Küren der stolzen Ostfriesen, für jedes Zeeland der Friesen eine, mit Blut geschworen, in Blut verbunden und von Blut bezeugt.
Einmal geschworen, immer gehalten,
Freunde und Brüder für's Leben"

Nachdem nun alle den Schwur abgelegt hatten, schaute Siefke zufrieden zum Himmel und holte die Flaschen mit dem Met raus. Alle Admins tranken aus einem Horn und reichten sich die Hände.

Bereichern!

„Lauwarmer Tag heute, oder?" Siefke Janssen schaute am Lokal „Schöne Aussichten" in Leer auf den Leeraner Hafen. Uta, Hans und Wiebke stimmten ihm lautlos zu. Der Kellner brachte eine Flasche Champagner und einen hochprozentigen Whisky an den Tisch. „Zum Wohl ihr Lieben, Prost!", er lächelte Uta zu und ging mit schnellen Schritten zum Tresen wieder rein.

„Hört mir gut zu", sagte Siefke Janssen und schaute mit einem ernsten Blick, „wie lange kümmern wir uns nun um die Gruppe, um die Entwicklung des Neujahrs-kucheneisens und was weiß ich noch alles?" Siefke schaute in die Runde. „Ja klar", erwiderte Wiebke, „ich weiß, so wie alle anderen im Adminkreis, warum sind wir nicht alle zusammen hier, wieso nur wir vier?" „Na ja Wiebke, ihr seid seit Jahren meine engsten Vertrau-ten im Kreis der Admins, und es gibt etwas Wichtiges zu besprechen, was ich nur mit euch teilen möchte." Siefke schaute wieder sehr ernst dabei. „Okay, Siefke, aber was soll das sein?", fragte Uta. „Nun ja, die Marketingfirma D-M-P-F-S hat mir ein Angebot gemacht. Die Abnahme der Neujahrskucheneisen war ein voller Erfolg und die Neujahrskuchendose auch. Nun sind weitere Projekte geplant und wir können einen zehn Jahres Vertrag bekommen. In diesem Vertrag verpflichten wir uns, jedes Jahr über die beiden Gruppen, und mich, über die offizielle Seite der stolzen Ostfriesen, mindestens zwei Produkte über D-M-P-F-S zu bewerben, zu supporten und in diversen Werbefilmen umsonst mitzuwirken." „Moment mal", Hans Rolfes hakte ein, „soll das heißen, wir verdienen Geld damit und das an den anderen Admins vorbei?" „Hans", Siefke Janssen schaute ihn freundlich an, „Du musst wissen, ihr seid immer an meiner Seite gewesen, auch damals, als ich die Gruppe auflösen wollte. Ihr habt mir Mut gemacht nicht aufzugeben und mich und meine Idee gestärkt." „Siefke, das können wir so nicht machen, nicht ohne die anderen einzubinden, nicht ohne an unseren Schwur zu denken. Was machen die anderen, wenn sie davon erfahren?" Wiebke war verzweifelt und versuchte Siefke zu beeinflussen. „Über wieviel Geld reden wir, Siefke?" Uta wurde nun ungeduldig. „Wir reden über einen sechsstelligen Betrag", stolz schmiss Siefke die Zahl in den Raum. „Okay", sagte Wiebke, „ich bin dabei. Es ist nicht schlimm und nicht verwerflich Geld zu verdienen, absolut legal, und die Gruppe hatte ja letztlich auch was davon." „Moment mal", Siefke holte weiter aus, „das Geld wird steuerfrei ausgezahlt, am Fiskus vorbei. Wir bekommen die Summe bar, jeder von uns wird mit circa 250.000 Euro bedacht, zunächst einmal. Weitere Summen können folgen, wenn wir anteilig über die Gruppen und die Seite mehr verkaufen." „Oh Mann", Hans Rolfes senkte den Kopf, „soviel Kohle, ich könnte es auch gut gebrauchen." „Ich auch", ergänzten Uta und Wiebke. Siefke lehnte sich zufrieden zurück und erhob das Glas. „Na dann, Prost noch mal auf uns, lasst uns den Handel besiegeln und Stillschweigen beschließen. Es ist besser, es bleibt alles bei uns Vieren."

Alle saßen noch lange im Restaurant „Schöne Aussichten" in Leer, der Vertrag wurde mündlich beschworen, und alle verpflichteten sich auf Still-schweigen. „Eins müssen wir noch klären", brachte Siefke beim Weggehen ein. „Ich weiß", sagte Uta, „ich weiß, ich weiß. Du musst es machen, sonst bekommen wir keine Sicherheit und Ruhe bei dem, was wir machen. Es fällt mir schwer, aber ich weiß, es muss sein." Die anderen beiden nickten zustimmend, jeder wusste was gemeint war: ein Mit-Admin, ein Friese durch und durch und voller friesischer Ideale musste die Gruppen nun verlassen, würde diesen Deal nie akzeptieren und immer wieder den Schwur am Upstalsboom anmahnen. Zu gefährlich war die Situation bei seinem Verbleib. „Ich lösche ihn heute Abend noch, bitte blockiert und löscht die Telefonnummer direkt danach. Wir werden die Wut noch zu spüren bekommen, aber es muss sein. Brecht alle Kontakte in die Richtung ab. Ich informiere die anderen und stricke mir eine Geschichte zusammen, damit es nicht auffällt." Siefke schwor die drei noch mal ein: „Wir werden gutes Geld dabei verdienen, keiner wird es erfahren und keiner wird uns dabei aufhalten." Auf dem Heimweg dachte Uta noch mal an die Fratze, sie würde toben, sobald Siefke sie löscht, sie würde versuchen alle anzurufen. Die Fratze hatte so viel Zeit in diese Gruppen investiert, so viel Herzblut eingesetzt und nun würde Siefke sie auslöschen. Einfach so, ohne Vorwarnung, gegen alles, was sie sich einmal geschworen hatten. Uta bekam ein wenig Angst, Herzklopfen. Na ja, letztlich war es ja nur eine Facebook-Gruppe, und keiner wusste ja von diesem Mega-Geschäft.

Schweig Jan Nordes, schweig einfach

Siefke Janssen bog in den Weg zum Upstalsboom ein, auf dem Parkplatz wartete Jan Nordes auf ihn. Nach einer kollegialen Begrüßung schaute Siefke ihn beschwörend an. „Was ich Dir nun erzähle, wirst Du bitte nie jemandem weitergeben, egal was passiert oder wer Dich fragt." „Ist ja gut, ist ja gut, Mann, was ist denn los, Siefke, was hast Du denn?" Jan sah Siefke fragend an. „Uta, Hans, Wiebke und ich werden bald viel Geld mit den Gruppen verdienen, sehr viel Geld und Du bist der einzige Admin, der außer uns Bescheid wissen wird." Nachdem Siefke ihm die ganze Geschichte erzählt hatte, schaute Nordes ihn enttäuscht an. „Was ist denn mit mir, warum hast Du mich nicht eingeweiht und dazugeholt?" „Das geht nicht Jan, wir waren zu Beginn der Besprechung vier Gründungs-Administratoren und da möchte jeder seinen Anteil an diesem Geschäft behalten. Ich werde Dich mit einem Anteil bedenken, ganz bestimmt. Du hast mir immer sehr geholfen, bei allem was die

Gruppe betrifft. Ich vergesse so was nicht. Also nicht sauer sein. Ich verspreche, ich zahle Dir einen Anteil, sobald das Ding in Tüchern ist. Ich muss nun los und bitte, behalte es für Dich, ich vertraue Dir." Siefke verabschiedete sich und fuhr mit völlig überhöhter Geschwindigkeit nach Hause. Dass er dabei nicht geblitzt wurde, grenzte zu diesem Zeitpunkt an ein Wunder. Zwei Monate später gerieten Janssen und Nordes wegen der geheimen Gruppenküren aneinander. Janssen schmiss Nordes noch am gleichen Tag ohne Skrupel aus allen Gruppen. Er ahnte nicht, dass er mit diesem Schritt ein Monster aktivierte, welches auch nach seinem Leben trachtete.

Gegenwart: Alles fügt sich zusammen

<u>Antje van Gollen</u>

Nachdem Antje van Gollen aufgelegt hatte, fuhr sie in Windeseile in die Ehrenstraße. Sowohl Kreditkarte und Bargeld und die von Nordes beschriebenen Unterlagen, konnte sie sofort finden. Zehn Minuten später war sie auf dem Weg nach Leer in die Altstadt zu „Jimmy´s Altstadt Café", um dort auf ihren Freund zu warten. Das kleine Café war eine sehr gemütliche Örtlichkeit in der Altstadt mit sehr stilvollen Möbeln eingerichtet und einer sehr netten Bedienung. Nordes war hier öfter mit Siefke gewesen, als sie noch ein gutes Team waren. Er wollte sich dort mit Antje treffen um die dringend benötigten Unterlagen und Karten zu empfangen.

Van Gollen bemerkte nicht, dass sie von einem grünen Golf verfolgt wurde. Sie benutzte die Landstraße am Deich von Emden nach Leer, und kurz hinter Rorichum wurde sie plötzlich überholt. Der grüne Golf bremste und van Gollen musste alles geben um nicht aufzufahren. Sie kam mit nur wenigen Zentimetern hinter ihm zum Stehen. „Arschloch, Du verfluchtes Arschloch!", schrie sie ins Lenkrad ihres Mercis. Die Fahrertür des Golfs ging auf und ein Hüne von Mensch stieg aus, im Gesicht bemalt. Antje wollte sich geistesgegenwärtig die Autonummer merken, sie stand aber so dicht hinter dem Golf, dass sie sie nicht lesen konnte. Die Gestalt riss die Fahrertür des Mercedes auf und zerrte Antje aus dem Wagen. Abseits der Straße drückte die Fratze sie mit dem Körper auf den Boden und den Kopf in den Sand. „Pass gut auf, Schnalle, ich frage Dich nur einmal und nur dies eine Mal. Wenn Du leben möchtest, sagst Du mir die Wahrheit und Du siehst mich nie wieder. Wenn Du mich anlügst, finde ich Dich schneller, als Du atmen kannst. Wo ist Jan Nordes und wann trefft ihr euch?" Die Gestalt drückte etwas fester zu. Van Gollen rang nach Luft und wollte schreien. Sie erkannte aber sofort ihre Situation und wusste, wie es um sie stand. Dieser Typ machte ernst, die Fratze würde sie umbringen, wenn sie falsch reagieren würde. „Ist ja okay, Mann, ist ja gut, lass mich erst mal bissel los, damit ich reden kann, Du drückst mich ja mit dem Kopf in den Sand." Antje stammelte das raus ohne weiter nachzudenken. Die Fratze ließ ein wenig nach. „Ich höre, und nu fix, wir wollen doch beide nach Hause." „Ja, ist ja gut, Mann, Jan ist in Leer, ich wollte zu ihm hin um ihm Sachen zu bringen, Mann, was soll das denn?" Antje versuchte abzulenken. „Schnauze Mann, ich will wissen, wo ihr euch treffen wollt, sag mir wo und wie spät, Mann, jetzt, los!" Die Fratze wurde ungeduldig. „Fünfzehn Uhr Mann, bei ‚Jimmy´s Altstadt Café'. Und nun lass mich los!" Antje holte nach Luft. „Okay Schnalle, Du bleibst hier nun eine viertel Stunde liegen, fährst nicht nach Leer und meldest Dich nicht bei Jan. Handy her, los! Solltest Du mich linken oder Dich nicht an die Anweisungen halten, stirbst Du und glaub mir, ich hab da kein Problem mit. Ich schneid Dir mit Vergnügen die Kehle durch. Ich mag das, nee, ich liebe das. Also leg Dich hin, warte ab und fahr dann nach Hause." Die Fratze steckte Antjes Handy ein, durchsuchte das Auto, übersah aber die Tüte mit den ganzen Unterlagen für Nordes. Er stieg in seinen Golf und fuhr mit quietschenden Reifen los. Antje wartete bis sie die Rücklichter des Golfs nicht mehr sehen konnte und raffte sich dann auf. Sie säuberte sich grob, ließ vorsichtshalber ihr Auto stehen und lief los, einfach los, Richtung Rorichum ins Dorf. An einem Fehnhaus blieb sie stehen, es roch nach Grillfleisch, hier musste jemand sein. Sie lief um das Haus und fast in den brennenden Grill der Familie Stanke. „Bitte entschuldigen Sie, bitte geben Sie mir ein Telefon, es geht um Leben und Tod, ich muss telefonieren, bitte helfen Sie mir!" Antje war atemlos. Günter Stanke lief ins Haus, holte sein Handy und gab es Antje. Sie wählte die Nummer von Nordes, aber außer dem Anrufbeantworter war nichts zu hören. „Dies ist der Anschluss von Jan Nordes, bin gerade nicht zu erreichen, sprecht mir einfach eine Nachricht auf." „Jan, bitte, bitte Mann, nimm ab. Du darfst nicht zu ‚Jimmy´s Altstadt Café' gehen, ich wurde überfallen, da ist jemand, der Dich sucht und ich glaube, er will Dir etwas antun. Bitte fahr da nicht hin. Bitte." Antje legte auf und bedankte sich bei Stanke. „Nun setzen Sie sich erst mal, Sie sind ja völlig aus dem Häuschen, soll ich die Polizei rufen?" Stanke versuchte Antje zu beruhigen. „Nein, bitte nicht, keine Polizei, mein Freund ist in Gefahr, mit der Polizei aber noch mehr, ich kann das jetzt nicht erklären, aber bitte keine Polizei."

Endlich eine echte Spur.

Lennert Jakobs wählte die Nummer von Antje van Gollen. Nach dem dritten Versuch ließ er das Handy orten und bekam die Nachricht, dass sie irgendwo in der Nähe von Rorichum sein musste. Er veranlasste eine Streife, sofort nach ihr zu suchen. Das Handy von Nordes war aktuell nicht zu orten, aber die Kollegen der IT bemühten sich es aufzufinden. „Scheiße Mann, Jakobs, wie weit sind wir?" Okko Bruns fluchte durch sein Büro. „Wir sind dran Okko, wir sind dran." Lennert beruhigte Bruns und brachte ihm eine Kanne Tee. „Nun erst mal einen Tee, Okko, mach Dir keine Sorgen, wir haben sie bald." Lennert schenkte einen Tee ein, und der Kluntje knisterte gemütlich in der Tasse. „Wir haben ein Signal, Lennert", rief Lana aufgeregt, „Nordes muss in Leer sein, in der Altstadt, wir fahren gleich los!" „Informiert die Leeraner Kollegen, Mann, die sind doch gleich da!" Okko schlug die Hände vor den Kopf, „muss ich denn alles selber machen?" „Ist doch schon passiert, Okko", unterbrach ihn Lana, „wir fahren gleich hin, Jensen und Pommer sind schon unterwegs, wir treffen uns dort." „Okay, dann mool los mit de Peer, geevt Gummi." Okko verfiel wieder ins Plattdeutsche. Als die Streife in Rorichum ankam, war Antje van Gollen schon wieder auf dem Weg. Auf einem gefährlichen Weg, einem Weg, der ihren Freund in große Gefahr bringen sollte.

Wettlauf

Der grüne Golf näherte sich der Altstadt von Leer, auf dem Parkplatz hinter einem Café brachte die Fratze den Wagen zum Stehen. Sie musste sich ihre „Kriegsbemalung" abschminken, um nicht aufzufallen. Darin war sie aber mittlerweile gut geübt. Wie schon so oft, musste das blitzschnell gehen, damit sie nicht verdächtig werden würde. Die Sonne schien schwach auf den Kirchturm der „Großen Kirche", und die Fratze schwitzte ein wenig, eigentlich ungewöhnlich, war sie doch sonst so durchtrainiert. Mit langsamen Schritten ging sie Richtung Taraxacum und bog links ab Richtung „Jimmy´s Altstadt Café". Zu dieser Zeit war die Straße sehr belebt und sie hatte noch keine Idee, wie und wann sie sich Nordes entledigen konnte. Wichtig war, dass sie ihm folgen konnte um dann im richtigen Moment zuschlagen zu können. Am besten heute noch.

Gruppenfieber

Die Mitglieder der Gruppe kamen seit Tagen nicht zur Ruhe. Viele fragten in Beiträgen und Kommentaren nach den Morden und den Hintergründen der Taten. Torre war stündlich in der Gruppe um die Seite zu bereinigen. Viele Mitglieder äußerten Angst und Unbehagen bezüglich der Vorkommnisse. Torre löschte alles, was nur annähernd den Zusammenhalt gefährdete. Aber es gab merkwürdigerweise auch einen positiven Aspekt in der Gruppendynamik. Die Mitgliederzahlen stiegen täglich, und binnen drei Tagen zählte die Gruppe der stolzen Ostfriesen 850 Mitglieder mehr. Tendenz steigend. Torre gefiel das sehr gut und er sah sich als neuen und erfolgreichen Anführer. Er erneuerte täglich die Ankündigung der steigenden Mitgliederzahlen, begrüßte die neuen Mitglieder und warb um weitere neue Mitglieder.
Auch die anderen verbliebenen Admins und Moderatoren unterstützten Torre Breedenbeek bei allem, was in der Gruppe anstand. Das kommende Gruppentreffen in Aurich Rahe wurde geplant und die Einla-

dung zu der Veranstaltung pünktlich einen Monat vorher gesetzt. Auf eine Umfrage stützend konnte man mit circa 120 Teilnehmern rechnen. Torre hatte schon eine Rede vorbereitet, die er, wie Siefke Janssen sie in der Vergangenheit gehalten hatte, ebenfalls zum Besten bringen wollte. Eigentlich war alles wie vorher, aber irgendwie denn doch nicht.

Jan Nordes sah den Hünen am Fenster von „Jimmy's Altstadt Café" vorbeilaufen, duckte sich in dem Moment, als dieser ins Fenster lugte. Nach dem Abhören der Nachricht von Antje schlug ihm das Herz bis zum Hals. Er hatte sich aufgeregt schnell in eine Ecke gesetzt, um die Fenster beobachten zu können. Von draußen war diese Ecke aber nur schlecht einsehbar. Zu viel Deko im Fenster für eine klare Sicht. Die Fratze ging vorbei und wartete an der Ecke von Haus Hamburg geduldig auf Jan Nordes. War er schon im Café gewesen, war er gar nicht gekommen? Die Fratze entschloss sich, die nächste Stunde hier zu warten. Es war schließlich gerade fünfzehn Uhr geworden. Also noch Zeit.

„Jimmy, ich brauch mal Deine Hilfe, bitte." Jan schaute Jimmy mit bittenden Augen an. „Immer doch, was kann ich für Dich tun?", lachte Jimmy Nordes an. „Ich brauch mal einen Hut und ein Jackett, Du hast doch immer etwas, was die Gäste hier vergessen. Soll ein Spaß sein, ich bringe das wieder mit", erwiderte Nordes mit vorsichtigem Lächeln um seine Angst zu verbergen. „Klar, warte eben, ich hab hinten eine ganze Reihe von vergessenen Sachen." Jimmy ging in den Flur und kam kurz darauf mit einer kleinen Auswahl der vergessenen Klamotten seiner Gäste wieder. Jan Nordes suchte sich kurzerhand eine Mütze und einen Blazer aus und zog sich an. Er versteckte seinen grauen Zopf unter der Mütze und ging zur Tür. Er schlenderte links ab, dann schnell rechts und direkt auf sein Auto zu. Die Fratze schaute angestrengt auf die Eingangstür von „Jimmy's", außer einem Typen mit einem hässlichen Hut und einem viel zu breiten Blazer war bis dato keiner gegangen oder gekommen. Mittlerweile war es halb vier und weit und breit nichts von Nordes zu sehen. Hatte die alte Schnalle sie nun belogen, sie hinters Licht geführt? Oder hatte Jan Nordes es sich anders überlegt. Warum war er noch nicht hier? Die Fratze beschloss den Weg zum Café noch mal abzugehen und einen Blick ins Café zu wagen. Genau in diesem Moment kam ein Polizeifahrzeug auf „Jimmy's" zugefahren, mit Blaulicht und Martinshorn. Zwei Beamte schnellten aus dem Passat und huschten in das Café. Was war das denn nun? Ihn konnten die nicht meinen. Er war ja quasi das Phantom in Ostfriesland, und das nun seit mehreren Tagen.

„Polizei, bitte bleiben Sie auf ihren Plätzen, wer von Ihnen ist Jan Nordes, bitte geben Sie sich zu erkennen." Jensen und Pommer schauten in den Raum, diverse Gäste staunten, eine Frau schrie laut auf. „Okay, bitte weisen Sie sich alle aus, keiner verlässt diesen Raum." Jensen sagte das mit einer Schärfe, die keinen Widerstand zuließ. „Moment, mal," Jimmy ging auf die Beamten zu, „was wollen Sie hier, Sie stürmen mein Café, verunsichern und erschrecken meine Gäste, was bitte suchen Sie hier?" Pommer und Jensen wiesen sich aus und erklärten die Lage. „Wir suchen einen Jan Nordes aus Holthusen er soll heute hier gewesen oder noch sein, kennen Sie ihn?" Pommer fragte sehr eindringlich. „Zeigen Sie mir bitte ein Bild, ich kann mir nicht alle Namen merken", ranzte Jimmy zurück, „ich möchte bitte, dass Sie möglichst schnell wieder gehen." „Langsam an!", rief auf einmal Lennert Jakobs, der ebenfalls gerade mit Lana Booken reinkam. „Hier werden nun erst mal alle Personalien aufgenommen und Sie schauen sich dieses Bild genau an. Herr Nordes wird polizeilich gesucht, und Sie sind verpflichtet die Wahrheit zu sagen." Jimmy beruhigte sich wieder, schaute sich das Bild an und schüttelte mit dem Kopf. „Den kenn ich, aber der war heute nicht hier, wäre mir sofort aufge-fallen." „Okay, sonst jemand von Ihnen, der diesen Mann hier gesehen hat?" Jakobs zeigte das Bild an den Tischen. „Ja klar, der war doch gerade noch hier, Jimmy, Du hast ihm doch einen Hut gegeben", eine ältere Frau am ersten Tisch am Fenster erkannte Nordes auf dem Bild. „Porco dio", Jimmy schimpfte auf italienisch, „nein gute Frau, das war nicht Jan Nordes, wie ich schon sagte, ich kenne ihn sehr gut. Er kommt sonst oft, eine gewisse Ähnlichkeit ist da, gute Frau, aber vielleicht sollten Sie ihre Brille wechseln." „Wir weisen noch mal auf die Wahrheit Ihrer Aussage hin, es geht um Zusammenhänge in einem Gewaltverbrechen, wir können Sie auch im Präsidium offiziell vernehmen", Lana Booken wurde laut. Jimmy schaute Booken lange ins Gesicht. „Okay, meine Prämisse ist und war diskret zu sein und keine Gäste irgendwo anzuschwärzen. Aber in diesem Fall, ja, er war gerade noch hier, ist mit einem Hut gegangen, ich weiß aber nicht wohin, so gut kenne ich ihn auch nicht." „Sollte es aus dieser Verzögerung zu ermittlungstechnischen Problemen kommen, sehen wir uns wieder, ich hoffe, Sie haben mich verstanden?" Lana Booken stand nun Nase an Nase vor Jimmy. „Los, lasst uns gehen, vielleicht bekommen wir ein neues Signal aus Aurich, dann sind wir vor Ort". Booken, Jakobs, Pommer und Jensen verließen das Café mit schnellen Schritten. Aber wo nun hin, wo nun suchen, die Altstadt eignete sich recht gut, um sich einfach mal eben zu verstecken. Viele Gassen, viele Abbiegungen. Die Nadel im Heuhaufen. Die Fratze erkannte die Situation sofort, sie musste weg hier, sofort weg. Zu heikel, zu verdächtig würde es wirken, weiter zu warten. Sie schnellte in die Gasse neben „Haus Hamburg" und ging auf das Rathaus zu. Über Umwege kam sie zwanzig Minuten später am Auto an und setzte sich hinter das Steuer. In diesem Moment ging ihr der Typ mit dem viel zu großen Blazer und der Mütze durch den Kopf. Mann, was war sie blöd gewesen. Das konnte nur Jan Nordes gewesen sein, Nordes musste sie beobachtet haben, wahrscheinlich war er gewarnt worden. Fehler, sie hatte zum ersten Mal einen Fehler gemacht. Wo war ihre Konzentration, ihre Perfektion, auf die sie sich immer verlassen konnte. „Ruhig, bleib ruhig", dachte die Fratze, „konzentriere Dich, sammeln und dann wieder auf ein Neues." Langsam bewegte sich der grüne Golf nun in Richtung Taletta-Groß-Gymnasium und bog nach links ab. Irgendwo musste Nordes sich nun aufhalten, wahrscheinlich ganz in der Nähe. Die Fratze beschloss, die Stadt langsam abzu-fahren und die engen Gassen zu erkunden. „Du wirst ihn finden, heute noch, Du wirst ihn finden, und dann wird er sterben", die Fratze lachte wieder ein wenig und ihre Selbstsicherheit kam langsam zurück.

Mörderischer Wald

Antje van Gollen war auf dem Weg nach Hesel. Hier gibt es ein wunderschönes Waldgebiet, den Heseler Wald. Er bietet neben einem großen Spielplatz einen Waldkindergarten und viele Wege, eben auch einen tollen Ausblick auf die Natur. Nordes hatte van Gollen den Ort genau beschrieben. Somit wusste sie exakt, wo sie sich um achtzehn Uhr treffen wollten. Ein kurzer Waldspaziergang, ein paar Worte und eine nette Umarmung. Die Unterlagen und das Geld hatte die Fratze ja zum Glück nicht gefunden. Plötzlich klingelte das Ersatz-Handy, welches Antje immer für Notfälle im Auto hatte. In ihrem Schockzustand vorhin hatte sie überhaupt nicht mehr daran gedacht. „Hey Jan, was hast Du, bist schon da?" Antje wirkte etwas überrascht. „Hey Antje, nein, ich bin noch unterwegs, aber ein Golf, ein hellgrüner, ich denke, ich werde verfolgt!" Jan Nordes klang etwas ängstlich, er war sich nicht ganz sicher. „Jan, bleib nicht stehen und versuche ihn abzuhängen, das ist dieses Monster. Bitte pass auf und melde Dich, wenn Du ihn abgehängt hast." Antje überschlug sich beim Reden. Sie wusste genau, das musste der Wagen dieser Fratze sein.

Schneller ist besser

„Wir können Jan Nordes nicht finden, Okko, er ist wie vom Erdboden verschwunden, aber er war hier." Lana Booken informierte ihren Chef über die aktuelle Situation. „Wir haben aber Fahrzeug und Kennzeichen ermitteln können, bitte veranlasse eine Ringfahndung, er hat das Café hier fluchtartig verlassen, ich glaube, er ist in Gefahr, vielleicht weiß er zu viel." Lana wirkte sehr besorgt. „Scheiße, Scheiße noch mal, was ist nur los, wir müssen schneller agieren, Lana, er könnte der Schlüssel zum Mörder sein. Und wenn er Angst hat, kennt Nordes den Mörder, ich frag mich nur, warum er nicht zu uns gekommen ist." Okko sprudelte das Telefon nur so voll Sätze. „Okko wir fahren Leer ab und suchen hier erst mal. Bitte informiere alle Kollegen, sobald er gesichtet wird, dass wir vor Ort sind." Lana legte wieder auf. „Ringfahndung einleiten nach Jan Nordes, jetzt und sofort!" Okko ordnete die Fahndung an und lief mit voller Teetasse durch das Büro. Tee schwappte über. „Scheiße Mann, nicht mal seinen Tee kann man hier in Ruhe trinken." Okko fluchte leise vor sich hin.

An der Spierkreuzung in Leer war die Fratze endlich wieder am Ziel. Sie hatte Nordes aufgespürt und folgte ihm nun durch Loga in einem sicheren Abstand. Der schwarze Golf hielt sich peinlich genau an die Geschwindigkeitsvorgaben. „Wo will Nordes nur hin?", dachte die Fratze und versuchte dem Golf weiter unauffällig zu folgen. Nordes fuhr weiter Richtung Hesel. An der letzten Ampel in Loga sprang die Ampel auf Rot, Jan Nordes gab Gas, die Fratze wollte folgen, konnte aber aufgrund des anfahrenden Gegenverkehrs mit 20 Fahrzeugen nicht durchstarten, sie musste warten. „Verdammt noch mal, ist das 'ne Scheiße, der muss mich bemerkt haben, nun werd endlich grün, Mann, ich dreh noch durch!" Die Fratze biss vor Wut fast ins Lenkrad.

„Ich hab ihn abgehängt, Antje, er ist weg", Jan Nordes informierte Antje über Handy. „Okay Jan, ich fahr nun nach Hesel durch. Denke, ich schaff das bis 18:00 Uhr. Wir treffen uns am Parkplatz." Antje legte ihr Ersatz-Handy auf den Beifahrersitz und setzte ihre Fahrt zügig fort. Noch circa 10 km, dann müsste sie am Ziel sein.

„Wir haben wieder ein Signal von Nordes, er bewegt sich Richtung Hesel. Schick uns Verstärkung Okko, wir versuchen Hesel komplett abzuriegeln, ich denke, er sucht dort einen Treffpunkt in der Nähe. Vielleicht der Heseler Wald, wir fahren erst mal dahin", informierte Lana Bruns, „entweder trifft er sich mit dem Täter oder mit einem Vertrauten. Nordes braucht Geld, wenn er untertauchen will. Oder er erpresst den Täter. Denke, wenn wir ihn haben, sind wir nahe am Mörder." Lana wirkte selbstsicher. „Okay Lana, enttäusch mich nicht, ich will Ergebnisse. Und das noch heute. Ich will das Schwein hinter Gittern sehen."

Heseler Wald

Es war kurz vor achtzehn Uhr, als Antje van Gollen auf dem Parkplatz am Heseler Wald ankam. Zwei Autos standen in den Buchten zur Straße, Jan Nordes Auto war nicht dabei. Sie entschied sich im Auto zu warten und konnte dabei das Umfeld gut einsehen. Sie versuchte noch mal Jan anzurufen, erreichte ihn aber nicht. Nervös rutschte sie auf dem Sitz hin und her. Leichter Schweiß machte sich auf Antjes Gesicht spürbar. Sie dachte wieder an diese bemalte Fratze, die sie fast umgebracht hatte, an die Kälte ihrer Stimme und die Brutalität, die sie sie mit ihrer Kraft spüren lassen hatte.

Die DNA

„Moin, Seeberg hier, Spurensicherung, wir haben eine DNA-Spur." Leevke Seeberg erwartete Okkos Applaus. „Moin Frau Seeberg, na das klingt ja gut. An oder auf was haben sie denn die DNA gefunden?" Okko Bruns klang ein wenig sarkastisch. „Wir haben die DNA am Tuch des Tatorts von Hans Rolfes gefunden, leider hatten wir bei den ersten Tests etwas übersehen. Nun ist sie aber vorhanden", ergänzte Seeberg. „Okay, ich sehe gerade eine neue Mail, die DNA wurde im Filter identifiziert, warten Sie eben, ich mach die eben auf." Bruns wirkte sehr aufgeregt und öffnete die Mail. „Okay, wir haben einen Namen und eine aktuelle Adresse, das ist der Durchbruch, lieben Dank Frau Seeberg." Okko fiel ein Stein vom Herzen. „Nichts zu danken, Herr Bruns, wir hätten sie nicht übersehen dürfen." Seeberg entschuldigte sich noch mal für die Situation. Okko Bruns wählte die Nummer des SEK und informierte seine Kollegen. Lana und Jakobs sollten dem Signal von Nordes nach Hesel folgen, er selbst setzte das SEK in Aktion und machte sich auf den Weg. Die Option Heseler Wald blieb aber ja akut. So plante er, zweigleisig zu agieren. Aufgrund Personalmangels beim SEK entschied er sich aber für einen ersten Schlag bei dem Verdächtigen zu Hause. Hesel musste warten, Lana Booken und Lennert Jakobs traute er einen vorsichtigen und effektiven Einsatz in Hesel zu. Endlich, endlich der ersehnte Lichtblick und eine mögliche Festnahme. Okko fühlte ein warmes Aufsteigen seines Blutes im Körper. Ein gutes Gefühl, ein sehr gutes Gefühl.

Ostfriesland atmet auf

Das Treffen

Der schwarze Golf bog mit hohem Tempo auf den Parkplatz am Heseler Wald ein. Nordes parkte neben Antje und stieg sofort aus. „Antje, lass uns schnell ein Stück in den Wald gehen, ich konnte ihn abhängen, ich hoffe, er findet uns nicht wieder." Jan Nordes nahm Antje kurz in den Arm. „Was ist denn nur los Jan, in was bist Du da reingeraten?" Antje verstand das alles nicht. „Lange Geschichte, Antje, kann ich Dir mal erzählen, wichtig ist nur, dass ich hier so schnell wie möglich wegkomme. Sobald der Typ gefasst ist, bin ich wieder sicher." Jan Nordes wirkte angespannt und schaute sich ständig um. „Aber warum bist Du nicht einfach zur Polizei gegangen und hast den Kerl ange-zeigt, wenn Du vermutest, dass er hinter diesen Gräueltaten der letzten Tage in Ostfriesland steckt?" Antje verstand es einfach nicht und bohrte nach. „Weil ich mich durch mein Schweigen mitschuldig gemacht habe. Antje, ich habe wissentlich Straftaten anderer verschwiegen, hatte Angst, zur Polizei zu gehen und auszusagen. Dann hatte ich eine Ahnung, wer hinter diesen Morden steckte und nachdem er Kontakt zu mir aufgenommen hatte, wusste ich, ich bin in Gefahr. Er ist so kalt und brutal, ich bekomme Schüttelfrost, wenn ich nur dran denke." „Ja, das habe ich gemerkt, er kam auf mein Auto zu, riss die Tür auf, zerrte mich aus dem Wagen und drückte mich mit dem Gesicht in den Boden. Es tut mir leid, Dich verraten zu haben, ich hatte solche Angst, aber wusste auch, ich kann es wiedergutmachen." Antje entschuldigte sich mit Tränen in den Augen. „Alles gut Antje, ich hätte auch eine Mega-Angst gehabt." Jan Nordes nahm Antje noch mal in den Arm. „Ich hab den AB ja noch früh genug abgehört", beruhigte er Antje. „Hast Du denn alles dabei, Antje, konntest Du alles finden?" „Ja klar, hier die Tüte und das Ersatz-Handy, das hat er im Auto nicht gefunden. Hoffe, es ist alles drin." Antje und Jan waren nun beim Waldkindergarten im Heseler Wald angekommen und setzten sich dort auf die Bank. Es war schon ein wenig kälter geworden, und die Sonnenstrahlen kamen nicht mehr so recht durch die Bäume. Aber angenehm war es trotzdem noch, und beide hielten sich fest. Sie ahnten nicht, dass der Tod schon ganz in der Nähe war. Und der hatte einen neuen Plan. Er wollte nun zwei weitere Menschen sterben lassen. Die hatten zu viel geplappert, es gab zu viel Wissende.

Einsatz

„Alle in Position?" Okko Bruns saß neben dem Einsatzleiter des SEK und verfolgte das Geschehen. „Positionen besetzt", klang es am anderen Ende der Leitung. „Okay, auf mein Kommando!" Einsatzleiter Harm Poggen konzentrierte sich auf das nun folgende Geschehen. Die Beamten hatten verschiedene Bereiche im Umfeld des Einfamilienhauses im

Moormerland besetzt und warteten auf das „Go". „Zugriff!" Poggen setzte das Kommando in Fahrt. Die SEK-Beamten sprengten die Vordertür, und fünf weitere Beamte bewachten die Fenster und die Hintertür. Bruns und Poggen hielten den Atem an und warteten auf die Rückmeldungen. Qualm stieg aus der geöffneten Eingangstür. Ein SEK-Beamter sicherte nach außen und hielt den innen agierenden Kollegen den Rücken frei. Dann plötzlich ein Schuss. Was war geschehen? War der Mörder mit einem gezielten Schuss gestellt worden? „Gesichert!", erklang es aus dem Lautsprecher. „Gesichert!", noch mal aus demselben Lautsprecher. Das Ganze fünf Mal hintereinander. Bruns und Poggen verließen den VW Bulli und eilten zum Haus. Im Flur lag ein toter Hund mit offener Schnauze, eine tiefe Schusswunde in der Stirn. Das Blut hatte den Teppich eingenässt, und der Anblick glich einer Hinrichtung, was es dann wohl auch war. In der Küche lag eine circa 40-jährige Frau mit auf dem Rücken gefesselten Händen auf dem Boden. Sie weinte laut und schrie: „Was wollt ihr von mir, was soll das, ich hab doch nichts getan. Was soll das Ganze, ich bin doch kein Straftäter. Und warum bringt ihr den Hund um, er hat doch auch nichts getan. Was seid ihr nur für Menschen!" Pure Verzweifelung in dem sonst sehr hübschen Gesicht machte sich breit. „Setzt sie auf den Stuhl!", hörte Bruns den Einsatzleiter Poggen anweisen. Die Frau wurde auf einen Küchenstuhl gesetzt und ihre Hände wurden wieder entfesselt.

„Mein Name ist Okko Bruns, wir kennen uns bereits. Ich muss nun sofort wissen, wo Ihr Partner ist, wo kann er sein oder wann haben Sie ihn zuletzt gesehen? Uns läuft die Zeit davon, er steht im dringenden Verdacht, vier Menschen brutal ermordet zu haben und könnte kurz davor sein, einen weiteren Mord zu begehen. Scheiße Mann, wo ist er, raus damit!" Okko Bruns schrie die Frau an. „Das ist doch Quatsch, Sie verwechseln ihn, er kann das nicht gewesen sein, außerdem haben Sie doch unsere Alibis überprüft. Was soll das Ganze?", die Frau schrie verzweifelt zurück. „Noch mal, wo ist Ihr Partner, gibt es noch andere Wohnungen oder Plätze, wo er sich aufhält?" Okko setze nach und scherte sich einen Scheiß um die Verzweifelung der jungen Frau. „Ja klar, er ist in seiner Garage, wie so oft, er bastelt gerne und ..." „Wo ist das, sagen Sie uns sofort wo das ist!" Okko ließ nicht nach. Nachdem die Adresse der Garage bekannt war, verließen die Beamten ohne weitere Erklärungen das Haus und setzen die Jagd nach der ostfriesichen Bestie fort. „Bruns hier, schicken Sie bitte den Rettungs- dienst, Adresse geb ich per Whats App durch. Die Partnerin des Tatverdächtigen braucht Unterstützung, sie ist leider mit vollem Körpereinsatz in die Fahndung geraten. Wir vernehmen sie später." „Alles klar, wir kümmern uns", die Kollegin aus Aurich legte wieder auf. Der VW Bulli und die Fahrzeuge des SEK setzen mit hoher Geschwindigkeit ihre Fahrt fort und waren in wenigen Minuten an der Garage, nur ein paar Straßen vom ersten Einsatzort entfernt.

Waldgeflüster

Die Fratze bog in sicherem Abstand hinter dem schwarzen Golf ab. An der Kreuzung Hesel, Richtung Heseler Wald, konnte sie in der Grünphase noch folgen. Dass sie Jan Nordes kurzzeitig in Loga verloren hatte, konnte sie mit einem schnelleren Fahrzeug gut wieder ausgleichen. Diesmal hatte sie sich einen Audi A5 in Loga an der Tankstelle „geliehen". Den grünen Golf hatte sie einfach abgestellt, ohne ihn zu verbrennen. „Eigentlich viel zu schade den Audi nun zu verbrennen", dachte sie bei sich. Der Golf wäre die bessere Wahl gewesen. Aber egal, zu auffällig damit noch einen Meter zu fahren, wenn sie ihre „Geschäfte" erledigt hatte.

Nach wenigen Minuten sah sie Jan Nordes schwarzen Golf auf den Parkplatz am Heseler Wald einbiegen. Sie hielt kurz an und wartete zwei Minuten. Dann bog sie schnell auf den Parkplatz ein. Sie stellte den Audi in Fahrtrichtung zur Ausfahrt ab. So konnte sie sich besser wieder entfernen. Sie stieg aus ihrem Fahrzeug aus und nahm das Schwert von der Rückbank. Es glänzte kurz in der Sonne, bevor sie es unter ihrer Jacke versteckte. Mit schnellen Schritten wählte sie den Weg in den Wald. Von Weitem hörte sie leise Stimmen, konnte sie aber nicht genau orten. Fünf Minuten später erreichte sie den Bereich des

Waldkindergartens, duckte sich hinter ein Gebüsch und lauschte den Worten der beiden Freunde, die dort auf der Bank saßen. „Genießen, kurz genießen", dachte sie, „gleich seid ihr dran, gleich spürt ihr die Klinge der Gerechtigkeit." Das Gefühl der Macht, das Sprudeln des Blutes in ihren Adern, wenn sie kurz vor ihren Opfern stand, liebte sie besonders. „Eigentlich möchte ich gar nicht damit aufhören, es gefällt mir, diese Angst in euren Augen zu sehen, die Klinge durch eure Kehlen zu führen, euer erbärmliches Winseln zu hören. Ich liebe dieses Gefühl der Macht über euch!" Die Fratze dachte an die vier vergangenen Morde. Sie hatte jeden genossen. War es denn nun wirklich so schlimm gewesen, was ihr in der Gruppe widerfahren war, oder hatte sie nur einen Grund gesucht, ihre verborgenen Gelüste auszuleben? Was war es, und warum verspürte sie nach einer Tat immer noch Lust auf weitere? Würde sie aufhören können, wenn sie dieses „Geschäft" erledigt hätte? Würde sie wirklich zur Ruhe kommen? Eigentlich war es doch das Töten, was sie schon so lange beschäftigte, lange bevor es diese Gruppe gegeben hatte. Sie konnte es vorher nicht zulassen, nicht ausleben, aber da war „es" immer. „Ich werde weitermachen, weiter morden, weiter richten, ich werde zum Rächer aller treuen Friesen in Ostfriesland. So tue ich Gutes für den friesischen Gedanken und kann meiner Neigung nachkommen. Mein Blut pocht, wenn ich nur dran denke. Was für ein Gefühl." Sie griff nach ihrem

Schwert und schlich sich langsam durch das Gebüsch an. Immer näher kam sie den beiden Freunden und ihre Erregung zu töten, stieg von Minute zu Minute. Welch ein Hochgefühl, welch ein Genuss. Dieser ungeheure Adrenalinspiegel in ihrem Körper war genau diese Sucht, die sie seit dem ersten Mord verspürte. Ein Rauschzustand von nicht messbarer Größe.

Die Garage

„Gesichert!", die Beamten des SEK hatten die Garage in der Borkumer Straße gestürmt. Poggen und Bruns liefen mit hastigen Schritten zum Eingang. An den Wänden hingen die Fotos von Siefke Janssen, Uta Olson, Hans Rolfes, Wiebke Bolsen und Jan Nordes. Außer dem Bild von Nordes waren alle anderen mit einem roten Kreuz durchmalt. Auf dem Tisch, einem alten Küchentisch, lagen diverse Zeitungsberichte über die Morde und Schminke in den Farben Schwarz, Rot und Blau. Ein Teestoov und eine Kanne Tee standen auf einer kleinen Ablage. Gegenüber an der Wand hingen diverse Flaggen. Die Ostfrieslandflagge, die Flagge der stolzen Ostfriesen und die Interfriesische Flagge. Hinten an der Wand standen fünf Kanister mit Benzin oder Diesel in Bundeswehrfarben. Diverse medizinische Kleidung, sowie Gummihandschuhe und Schutzmasken hingen in einem Metallschrank. Unten im Schrank standen Gummistiefel mit Folientüten über den Sohlen. Die Sohlen waren mit getrocknetem Blut verdreckt. Weitere Folterwerkzeuge und Felle hingen an den Wänden. Der Raum wirkte wie ein Verlies. Die Garage roch penetrant nach Benzin und Diesel. In einer Schublade lagen fünf Pakete Grillanzünder, diese natürlichen Anzünder aus Holzspänen. An der Wand gegenüber hingen Schwerter, eine Aufhängung war ohne Schwert.

„Der Vogel ist wohl schon wieder ausgeflogen!", kotzte Okko Bruns vor sich hin, „Scheiße Mann, so eine Scheiße, ich muss Lana informieren, er will Nordes umbringen und wenn der in Hesel ist, weiß ich jetzt, wo auch dieses Monster ist." „Alle verfügbaren Kräfte sofort nach Hesel, ich hab mich verspekuliert!" Okko Bruns lief rot an. Er schnaubte vor sich hin und stieß einen weiteren Fluch aus. Die Beamten des SEK besetzten sofort die Fahrzeuge und fuhren Richtung Hesel. Die Jagd ging weiter.

In der Falle

„Fahr schneller Lana, nun fahr doch!" Lennert heizte Lana ein. Die Ampel zeigte auf Rot, aber Lana schnitt die Kurve und raste Richtung Parkplatz Heseler Wald. Sie bog ein und sah die beiden Fahrzeuge in den Parkbuchten. Nordes Golf entdeckte sie sofort und auch den Audi, der etwas auffällig in Fluchtstellung stand. „Okko, wir sind da und er ist hier, garantiert, wann seid ihr da?" „Wir sind in fünf Minuten vor Ort. Lana, bitte nicht eigenmächtig handeln, wartet auf uns!" Okkos Stimme kam postwendend aus dem

Lautsprecher. „Lana wir können nicht warten!",
fauchte Lennert sie an. „Du hast recht, es gilt Leben zu
schützen, auf geht's!" Lana und Lennert setzten sich in
Richtung Wald in Bewegung. Auch sie hörten leise
Stimmen und folgten ihnen in Richtung Waldkindergarten. Als beide noch circa 50 Meter entfernt waren,
sahen sie einen großen Hünen auf die beiden Freunde
zugehen. Nordes und van Gollen sahen ihn in diesem
Moment auch, sprangen auf und flüchteten weiter in
den Wald. Sie schrien beide laut um Hilfe, sahen aber
die dem Hünen folgenden Beamten nicht. Die Fratze
holte Jan Nordes und Antje van Gollen kurz vor einer
langen Baumallee ein. Mit einer schnellen Handbe-
wegung hob sie ihr Schwert und lief auf Nordes zu.
„Schrei nur, schrei Dir die Angst aus dem Leib, es wird
Dir nichts nützen. Heute gehst Du nach Walhalla und
gesellst Dich zu den anderen. Winsel nur, ich höre so
gerne Dein Winseln." „Stehen bleiben, Torre
Breedenbeek, bleiben Sie stehen, lassen Sie das
Schwert fallen und legen sich auf den Boden, jetzt
sofort, sonst schieße ich!" Lana Booken schrie
Breedenbeek an. Torre Breedenbeek drehte sich um
und schaute hasserfüllt in Lanas Gesicht. Ihre Waffe
richtete sie direkt auf seinen Kopf. Lennert stand einen
Meter neben ihr und zielte auf das Herz der Fratze.
Nordes und van Gollen flüchteten einige Meter hinter
ein Gebüsch, sie trauten den Geschehnissen nicht.
Nordes nahm van Gollen in den Arm und beide
duckten sich ganz tief ins Gras. „Na, nun habt ihr mich

endlich gestellt, hat ja auch lange genug gedauert." Breedenbeek lachte laut auf und ging auf die Knie. „Ihr seid solche Looser, ihr Beamtenärsche, solche Looser." Breedenbeek ließ seiner Verachtung freien Raum. Als er sein Schwert vermeintlich ablegen wollte, drehte er es blitzschnell um, mit der Spitze nach oben, er wollte sich nach altem Brauch selbst richten. Lennert sprang nach vorne und konnte ihn im Flug vom Schwert wegstoßen. Lana machte auch einen Satz nach vorne und stieß mit dem Fuß das Schwert in Sicherheit. Beide Beamten schmissen sich auf den Hünen und legten ihm Handschellen an. Torre Breedenbeek schaute immer noch hasserfüllt und spuckte auf den Boden. „Ich werde wieder frei sein, freier Friese und dann werde ich euch verfolgen und nach Walhalla schicken. Ich sage euch, ich schneid euch die Kehle durch, irgendwann, Eala Frya Fresena!"

„Wo seid ihr verdammt noch mal, ich höre nichts von euch!" Okkos Stimme kam wieder aus dem Lautsprecher, „wir hängen gerade im Stau fest. Was ist mit euch, wartet ihr noch?" „Alles klar Okko, wir haben ihn", antwortete Lana, „wir konnten nicht warten. Das Leben von Jan Nordes und wohl auch der Freundin war in akuter Gefahr." „Ihr habt einen guten Job gemacht, klasse, auch Ungehorsam zahlt sich ab und zu aus, tolle Truppe." Okkos Lobeshymne schien kein Ende zu nehmen. „Wir haben die Lage hier im Griff Okko, Du kannst das SEK zurückschicken, wir fahren mit dem Verdächtigen nach Aurich." Lana klärte die Situation vor Ort und Okko hörte ihr gerne zu. „Okay, ich warte hier dann im Präsidium auf euch. Ihr habt hervorragend gearbeitet, bis gleich." Okko klinkte sich aus. Booken und Jakobs klärten die Situation der beiden Freunde Nordes und van Gollen, vergewisserten sich ihres Wohlergehens und bestellten beide für den darauffolgenden Tag nach Aurich, um ihre Aussagen aufzunehmen. „Herr Nordes, wir müssen uns da noch mal etwas genauer unterhalten. Ich denke, es erwartet Sie auch ein Verfahren." Lana wies auf den Verdacht von Vereitelung einer Straftat hin. „Ja, ich weiß, ich werde mich morgen bei Ihnen melden, dann sag ich aus, bin nur froh, dass der Wahnsinnige endlich hinter Gittern ist." Nordes atmete beruhigt durch.

„Herr Breedenbeek, ich verhafte Sie nun wegen des Verdachts auf vier Mordfälle. Alles was Sie nun sagen, kann gegen Sie verwendet werden." Lennert Jakobs las Breedenbeek die Rechte vor, und er und Lana stützten Breedenbeek beim Aufstehen. „Du kannst mi mool an't Moors klein!", erwiderte Breedenbeek und spuckte wieder auf den Boden. Am Fahrzeug angekommen, waren die Leeraner Kollegen ebenfalls da. Ilka Pommer und Peter Jensen begrüßten die Auricher Kollegen, gratulierten zum Erfolg und sicherten das Tatfahrzeug und den gesamten Bereich für die Spurensicherung.

„Auf nach Aurich, Herr Breedenbeek, nun geht's auf Ihre vorerst, für ganz lange Zeit, letzte Fahrt durch Ostfriesland. Genießen Sie es. Eala Frya Fresena, Herr Breedenbeek!" Lana betonte die Worte genüsslich und Torre Breedenbeek schaute aus dem fahrenden Polizeiauto auf die unendliche Schönheit seines Heimatlandes.

Friesenland Bagband

„Ich muss pissen!" Torre Breedenbeek fauchte Lana Booken an. „Ich muss sofort pissen!" Breedenbeek wurde lauter. „Herr Breedenbeek, wir suchen einen guten Platz und dort können Sie denn pissen!" Lana fauchte zurück. Als das Fahrzeug an der Mühle Bagband ankam, bog Lana rechts ab und dann auf den Mühlenparkplatz. Lennert begleitete Breedenbeek, Booken sicherte. „Nun muss mir wohl eben jemand die Hose öffnen, ich bekomme sie so nicht auf", klagte Breedenbeek. Lana stand circa 2 Meter von den beiden ab und beobachtete das Ganze mit Vorsicht. Ihr war wohl bewusst, dass solche Situationen immer ein Risiko darstellten. Darum wurden solche Einsätze immer in kugelsicheren Westen durchgeführt.
„Lana bitte kommen", aus dem Polizeiwagen kam ein Funkruf von Okko Bruns. Lana drehte sich im Reflex zum Wagen um. In diesem Moment nahm Breedenbeek mit einer blitzschnellen Bewegung Lennert in den „Schwitzkasten". Mit der ungeheuren Kraft seines Armes hielt er ihn in Schach, drehte sich,

ergriff mit beiden gefesselten Händen Lennerts Pistole und hielt sie auf Lana Booken. Lana hatte es noch nicht gesehen, als sie sich wieder Breedenbeek zuwandte. „Stirb, Du dumme Kuh, stirb einfach!" Breedenbeek schoss dreimal auf Lana. Sie fiel rücklings nach hinten und blieb auf dem Boden liegen. Breedenbeek ließ Jakobs etwas Luft und zischte: „Schlüssel Du Arsch, Schlüssel her!" Jakobs stammelte etwas von rechter Hosentasche. Im Nu hatte Breedenbeek sich der Handschellen entledigt, versetzte Jakobs einen Kolbenhieb mit der Pistole und lachte laut auf. „Ihr seid solche Amateure, solche Narren. Oh Mann, ich könnte mich totlachen, aber sorry, den Gefallen tue ich euch nicht." Torre stieg in den Polizeipassat und fuhr mit quietschenden Reifen los. Er wählte die Richtung nach Hesel zurück. Nun war er wieder frei und konnte weitermachen... weiter töten..., weiter „seine Gerechtigkeit" über Ostfriesland bringen. Diese Gerechtigkeit definierte er aber selbst. Er schaute in den Rückspiegel und beschwor den Friesengott Wotan:

„Jan Nordes, Du wirst sterben, bald sterben, ich verspreche es Dir. Ich werde Dich richten und nach Walhalla schicken, schon bald. Und dann werde ich Ostfriesland befreien, von allen NICHT-FRIESEN! Es wird Zeit für ein freies Ostfriesland."

Er blickte wirr und brüllte:

„Ruft nicht nach mir. Ich komme zu EUCH!

Und fragt nicht nach mir, ich höre EUCH!

Bald ist Ostfriesland frei, frei von allen Menschen, die den friesischen Idealen nicht folgen wollen.

Frei von allen, die MIR NICHT FOLGEN

Wir sehen uns alle wieder!

Eala Frya Fresena!"

Zum Autor

 Siegfried Klock wurde am 23.03.1964 in Westrhauderfehn geboren. Er wuchs als eines von zwei Geschwistern in Idafehn auf. Seine Ausbildung absolvierte er auf der Jansen Werft in Leer, schulte um und arbeitet nun seit über dreißig Jahren im Volkswagenwerk Emden. Seit 1987 ist er verheiratet und hat zwei erwachsene Kinder. In seiner Freizeit beschäftigt er sich mit der ostfriesischen Geschichte, der plattdeutschen Sprache und Texten in Hoch- und Plattdeutsch für Songs regionaler Künstler. Das bisherige Hobby, schreiben in Gedichtform und Liedertexten, wird nun ergänzt durch sein Erstwerk in der Kategorie Ostfriesland-Krimi.

„Häuptlingstod am Upstalsboom" ist eine absolut fiktive Handlung in und um die Geschehnisse der realen Facebook-Gruppen „Wi sünd Oostfreesen un dat mit Stolt" und „Leckerst un Best van Stolt Oostfreesen".

Der Spaß am Schreiben und die Freude an der Geschichte Ostfrieslands, lässt ihn Fantasie und Realität verbinden und somit diese kleine spannende Geschichte rund um die letzten Jahre seiner Facebook-Gruppe erzählen.